山东文化体验廊道故事丛书·下编

临沂
历史文化故事

LINYI LISHI
WENHUA GUSHI

总编纂　王志民
主　编　汲广运

山东文艺出版社

图书在版编目（CIP）数据

临沂历史文化故事 / 汲广运主编. — 济南：山东文艺出版社，2023.9
（山东文化体验廊道故事丛书）
ISBN 978−7−5329−6980−7

Ⅰ.①临… Ⅱ.①汲… Ⅲ.①历史故事—作品集—中国 Ⅳ.①I247.81

中国国家版本馆CIP数据核字（2023）第153816号

临沂历史文化故事

LINYI LISHI WENHUA GUSHI

总编纂　王志民　　主编　汲广运

主管单位	山东出版传媒股份有限公司
出版发行	山东文艺出版社
社　　址	山东省济南市英雄山路189号
邮　　编	250002
网　　址	www.sdwypress.com

读者服务	0531−82098776（总编室）
	0531−82098775（市场营销部）
电子邮箱	sdwy@sdpress.com.cn

印　　刷	山东临沂新华印刷物流集团有限责任公司
开　　本	880 毫米×1230 毫米　1/32
印　　张	7.75
字　　数	160 千
版　　次	2023 年 9 月第 1 版
印　　次	2023 年 9 月第 1 次印刷
书　　号	ISBN 978−7−5329−6980−7
定　　价	59.00元

前　言

　　党的二十大报告明确提出："坚守中华文化立场，提炼展示中华文明的精神标识和文化精髓，加快构建中国话语和中国叙事体系，讲好中国故事、传播好中国声音，展现可信、可爱、可敬的中国形象。"习近平总书记在文化传承发展座谈会上深刻指出，要在新起点上继续推动文化繁荣、建设文化强国、建设中华民族现代文明。编纂出版《山东文化体验廊道故事丛书》（以下简称《丛书》）是深入学习贯彻党的二十大精神和习近平总书记重要指示精神，贯彻落实山东省委、省政府关于打造文化"两创"新标杆部署要求的重要举措，是立足山东文化资源优势，以沿黄河、沿大运河、沿齐长城、沿黄渤海和沿胶济铁路等文化体验廊道为轴线，以各市文化体验廊道建设为着力点，撷取历史文化精华的大型普及性学术工程，是在新的历史起点上讲好山东故事、坚定文化自信、推动文化繁荣、促进文旅结合的重点文化项目。

　　山东，古称"齐鲁之邦"，是中华文明最重要的发源地之一。奔流的黄河由山东入海，齐鲁大地是黄河文明的核心区域

1

之一。巍峨屹立的泰山，自古以来就是历代帝王封禅之地，是中国东方上层文化的活动中心，1987年被联合国教科文组织列为中国第一个世界文化、自然双重遗产。黄渤海环绕的山东半岛是全国最大的半岛，漫长海岸线形成了丰厚的海洋文化资源，一直是中国北方海上丝绸之路的重要门户。山东又是伟大思想家、教育家孔子和孟子的故乡，是儒家文化的发源地，是中国人乃至全球华人、华裔心中的"圣地"。在被称为中华文明"轴心时代"的春秋战国时期，齐鲁是中华文明的"重心"所在：诸子百家，多出齐鲁；儒墨显学，独领风骚。齐国故都临淄，是当时最大的工商业都城，被国际足联命名为"足球起源地"；这里诞生了中国历史上最早的大学堂——稷下学宫，是诸子百家争鸣的学术文化中心；齐长城西起济水，东到大海，蜿蜒于泰沂山脉，全长一千余里，是现存最早的有准确遗迹可考、保存状况较好的古代长城；被列为世界文化遗产名录的京杭大运河，纵贯山东南北，极大影响了元明清以来山东地区的经济文化发展，鲁西沿岸城市带的崛起，成为中国南北文化交流融合的运河明珠，见证了山东地区社会文化的隆替嬗变。近代以来，随着烟台、青岛等沿海城市的崛起和胶济铁路的修筑，山东成为中西文化交流、冲突、碰撞、融合的核心地区之一，收回青岛主权成为"五四"爱国运动的导火索。革命战争年代，山东党政军民用生命和鲜血凝聚而成的"党群同心、军民情深、水乳交融、生死与共"的"沂蒙精神"，是齐鲁优秀文化、伟大建党精神与中国共产党领导的人民革命英雄主义精神的集中体现，是对山东境内沂蒙、胶东、渤海、鲁西（冀鲁豫边区）

等抗日革命根据地红色文化、革命精神的集中凝练和概括，与延安精神、井冈山精神、西柏坡精神等一起成为中国共产党人精神谱系的重要组成部分。齐鲁文化在中华文明发展中的特殊地位，山东地区源远流长、丰富厚重的文化资源，坚定文化自信和自觉的历史责任担当是我们举全省之力编纂《丛书》的内在动力。

《丛书》以国家文化公园建设为引领，以落实文化"两创"、推动"两个结合"为宗旨，以推动全省及各市文化建设为目标，是具有权威性、故事性、可读性、趣味性的历史故事集成，是一套可携带、可利用、可转化的文化读本。《丛书》分为上、下两编，上编16本，围绕"四廊一线"文化体验廊道、八大文化传承发展片区展开。"四廊一线"构筑的沿黄河、沿大运河、沿齐长城、沿黄渤海、沿胶济铁路的文化交通线纵横交错，相互联系又各具特色，其特点是以脍炙人口的故事形式联通"四廊一线"的人物事迹、重点景区、遗址遗迹等，厚植文化体验廊道的思想内涵和文化底蕴。八大文化传承发展片区，既涵盖了沂蒙、渤海、鲁西、胶东四大红色文化片区，又吸收了泰山文化、儒学文化、齐文化作为重要支撑，演奏出山东历史文化、革命文化、社会主义先进文化的时代交响。下编16本，紧紧围绕各地市优势和特色展开，主要记述本地区历史故事、文化遗址与人文景观、非物质文化遗产等内容，是推动文化廊道落地、推进片区文化建设、增强文化认同、深化文旅体验的重要载体。

《丛书》由山东省委常委、宣传部部长白玉刚统筹谋划和指导，省委宣传部专门组建学术编纂委员会负责具体实施，省直各有关部门和各市委宣传部给予大力支持配合，省内相关高校、研究机构和各市有关单位共100余位专家学者积极参与，历经酝酿策划、启动实施、提纲设计、样稿研讨、通稿审稿、编辑出版等六个阶段。2022年以来，省委、省政府先后印发《关于打造中华优秀传统文化"两创"新标杆行动计划（2022—2025年）》《关于建设文化体验廊道推动文旅融合高质量发展的实施计划（2023—2025年）》，全方位挖掘展现山东人文沃土可以深度耕作的比较优势，为《丛书》编纂做好了思想、学术和组织准备。具体编纂过程中，省委宣传部专门印发《关于做好〈丛书〉编纂工作的指导意见》，统一思想认识，作出全面部署。编委会以线上线下形式，多次召开全体会议和分组专题会议，狠抓三个重要工作节点：**一是审定编撰提纲。**通过反复研讨、交流、修改、会审等形式逐一审定编写提纲，最大程度保证全书质量。**二是树立样稿典型。**集中力量撰写、反复研讨修改，确定分类样稿，做好典型导引。**三是全力做好通稿统审。**采用主编初审、各卷主编交流互审、学术专家主审、首席专家终审等层层把关、集中审查、反复修改的方式提高稿件质量。

回顾《丛书》编纂工作，始终注意把握好以下四个方面：**一是坚定文化自信。**通过挖掘历史资料、开发历史资源、恢复历史场景等形式，获取文化营养，坚定文化自信。**二是助推文化自觉。**通过传承弘扬优秀传统文化、红色文化、社会主义先进文化，深入挖掘历史先贤和革命先烈的伟大事迹，推动文化自觉，与培育践行社会主义核心价值观有机结合。**三是落实文**

化"**两创**"。精选真实历史故事，注重挖掘故事背后的文化内涵，推动齐鲁优秀传统文化在新时代创造性转化和创新性发展，推进文化自信自强。**四是服务文旅融合。**借助故事、景观、遗址、非遗讲解词、短视频等融媒体形式，让广大读者在区域文化旅游、廊道文化体验中感受中华文化的博大精深，增强民族自豪感和自信心。

在内容撰写上注重四个结合：**一是与廊道体验相结合。**突出廊道建设概念，以故事为纬线，以时代发展为轴线，通过富有魅力的故事讲述，展示历史人物、景观、史实，引领读者体验传统文化的恢宏气势和博大精深。**二是与景观建设相结合。**以真实动人的故事为景观建设提供重要的历史资源和文化依据，通过一个个精品景观建设展示历史故事的丰富内涵和当代价值。**三是与文物保护相结合。**通过讲述历史故事，让广大读者进一步了解相关文物、遗址的历史文化价值，提升文物保护意识，推动群众性文物保护工作再上新台阶。**四是与媒体利用相结合。**立足于故事转化，使故事成为各类媒体传播的重要基础、蓝本和素材，成为廊道文化、片区文化讲解、传播的重要学术依据和资料来源。

《丛书》的编纂出版，是普及、传播优秀传统文化，推动文化"两创"的新尝试。衷心希望广大读者通过阅读本书，吸收丰富文化营养，多提宝贵修改意见。

编者

2023 年 8 月

导　语

　　临沂市位于山东省东南部，地近黄海，东连日照，西接枣庄、济宁、泰安，北靠淄博、潍坊，南邻江苏。地跨北纬34°22′—36°13′，东经117°24′—119°11′，南北最大长距228公里，东西最大宽度161公里。辖3区（兰山区、罗庄区、河东区）9县（郯城县、兰陵县、沂水县、沂南县、平邑县、费县、蒙阴县、莒南县、临沭县），含2个国家级开发区（临沂经开区、临沂高新区）和1个省级新区（沂河新区），常住人口1100万人，面积1.72万平方公里，是山东省人口最多、面积最大的市。

　　临沂市地势西北高东南低，自北而南，有沂山、蒙山、尼山3条主要山脉呈西北东南向延伸，控制着沂沭河上游及其主要支流的流向。其中，蒙山山脉发脉于泰山，自西北向东南延伸，绵亘75公里，总面积1100多平方公里，跨平邑、蒙阴、费县、沂南4县，是沂蒙山区好风光的典型代表。千米以上的山峰14座，龟蒙顶为蒙山的主峰，位于平邑县城东北20公里处，海拔1156米，为山东省第二高峰，素称"岱宗之亚"，因峰顶形似卧龟而得名。龟蒙顶气势雄伟，风景幽奇。

蒙山是一座历史文化名山，古称东蒙、东山。西周时，成王封颛臾于蒙山之阳，主祀蒙山。春秋时期，《诗经》写道："泰山岩岩，鲁邦所詹。奄有龟蒙，遂荒大东。"把拥有泰山和龟蒙，视作鲁国的荣耀。孟子曾有"孔子登东山而小鲁，登泰山而小天下"之说。唐代大诗人李白、杜甫曾结伴游蒙山，杜甫写下"余亦东蒙客，怜君如弟兄。醉眠秋共被，携手日同行"的佳句。北宋文学家苏轼也有"不惊渤海桑田变，来看龟蒙漏泽春"的名句。明代文学家公鼐作《东蒙山赋》，咏叹蒙山。

临沂境内有许多桌状山，称为"崮"，素有沂蒙七十二崮之说，著名的孟良崮就是其中之一，壮美的沂蒙岱崮地貌群更因成为中国第五大岩石造型地貌而闻名遐迩。

临沂境内以沂、沭河为中心，西、北、东三面群山环抱，向南构成扇状冲积平原。其中，沂河主源发源于沂源、蒙阴、新泰交界处的老松山北麓，流经沂水、沂南、兰山、河东、罗庄、兰陵、郯城等县区，南流入江苏省境内后注入黄海，全长570公里，境内流长287.5公里，最大流量每秒15400立方米。较大支流有东汶河、蒙河、柳青河、祊河、涑河、李公河、白马河等，流域面积10772平方公里。

临沂在西周时分属鲁、莒、郯、鄪等诸侯国；战国属齐、楚；秦朝属琅琊郡和郯郡；西汉分属琅琊郡、东海郡、城阳国和泰山郡；东汉承西汉制，区划略有改动，琅琊郡改为琅琊国，迁治开阳（今临沂城区）；三国魏为琅琊国、东海国、城阳郡地；晋分属琅琊国、东海郡、城阳郡；北魏分属琅琊郡、东海郡、兰陵郡、郯郡、东莞郡、东安郡；北周属沂州琅琊郡、邳州郯郡、海州东海郡；隋为沂州（琅琊郡），一部分属泗州（下邳郡）、海州（东海郡）；唐、宋为沂州（琅琊郡），部分属密州（高密郡）、海州（东海郡）；金属沂州和莒州，元、明因之；清雍正十二年（1734）皆入沂州府；1913年属济宁道，1925年置琅琊道，治所在临沂。

临沂历史悠久，是中华文明重要的发祥地之一。早在二十万年以前，人类祖先就在这块土地上创造了远古文明，旧石器时代早期的文化遗存在境内有多处发现，沂河和沭河流域发现的近百处细石器文化遗存，是一两万年前的人类所创造。距今5000—1000年前的新石器时代，先民们靠勤劳灵巧的双手，制造出实用精美的石器、骨器、玉器等生产工具和生活用品，烧造出"黑如漆，明如镜，薄如纸，硬如瓷"的蛋壳陶；在原始农业的基础上，兴起了家禽饲养业和酿酒业。在这块土地上孕育产生了构成中华民族大一统文化主体的东夷文化。商朝时期，出现过郯、莒、费诸方国。周灭商后，临沂地域分属齐、鲁等国，见于《春秋》的还有颛臾、郚、鄫、鄟、阳、向、郯、根牟、於馀丘等国。春秋时期，除上述古国外，见于《春秋》的还有启阳、中丘、祝丘、鄑、祊、防、台、东阳、武城、丘舆、向、次室、蒙、郓、堂阜、密、鄅陵等十七个大的城邑。这些大城邑的出现，是经济文化发达的标志。西周至春秋战国时期，临沂地域文化与齐、鲁、楚、吴、越等区域文化交汇、融合，涌现出了曾子、荀子等代表性的历史人物。

秦汉时期，在先秦儒学传播的基础上，临沂地区成为山东经学的重镇，是琅琊文化的核心区域。这主要表现在三个方面：一是涌现出儒学经师兰陵（今属兰陵县）人王臧、缪生、孟卿、孟喜，以及孟卿弟子后苍、疏广等。二是儒学教育的发展极为可观。临沂地区的郡、县、乡较普遍设立官学，主要学习儒家经典，私学中的儒学教育亦很发达。临沂籍著名经师，皆设帐授徒，传授儒家经典。如孟卿广招门徒，悉心传授；后苍举办私学，教授弟子多人。三是儒学家族化现象普遍。临沂出现了一些累世专攻一经并累世官宦的儒学家族，如琅琊王氏家族、兰陵萧氏家族等，皆以儒学传家。以儒学传家和累世官宦的社会现象，对临沂地区的历史及思想文化的发展有着深远的影响。

魏晋时期，社会动荡不安，造成北方各阶层民众的大量南迁。特别是西晋永嘉元年（307），司马睿移镇建邺后，北方大族与流民纷纷南下，这种迁徙，从文化的角度来说，则是各个层面的文化向南方全面传播的过程。在这一过程中，临沂籍的士人成为文化的中坚力量，临沂地域文化开始了与南方的吴、荆襄、蜀、南中等区域文化的交流，并取得了令人瞩目的成就。在政治方面，诸葛亮随叔父诸葛玄迁居荆襄，成为刘备集团的军师，协助刘备建立了蜀汉政权；王导导演的以司马睿"上巳观禊"为契机的南北士族联合，深刻影响了江南地方势力，也影响了江南文化。在艺术方面，影响最大的是书法。琅琊书法艺术向南方传播与交流的主要代表人物有王导、王廙、王羲之、王献之、王珣等。其中，王羲之备精诸体、超越前人，成为书法艺术宗师，开创了一代书风，并影响久远。在文学创作方面，南朝文坛形成了临沂籍文学家群体，如"元嘉三大家"中的颜延之、鲍照；"竟陵八友"中的王融、萧衍、萧琛；还有东海三何：何逊、何思澄、何子朗；东海徐氏的徐勉、徐悱、徐摛、徐陵等；在史学领域，南渡的临沂士人及其子孙撰写出了一大批著作，如王韶之的《晋纪》，萧子显的《后汉书》《南齐书》，萧子云的《晋书》，萧衍主持编纂的《通史》，徐广的《晋纪》，王智深的《宋纪》等。在科技方面，诸葛亮的"木牛流马"，何承天的《元嘉历》，徐之才的医药学等，都推动了南北文化的交流，促进了民族科技的发展。

隋唐至明清时期，临沂地域文化继续发展。隋唐时期，随着国家的统一，儒学得到了新的整理和发展，形成了"义疏之学"。在这个过程中，临沂地域文化的代表人物颜真卿、颜师古等发挥了重要的作用。宋金元明清时期，由于女真族、蒙古族、满族"入主中原"等因素的作用，民族的地理分布发生了重大变化，因而整个民族文化，乃至临沂地域文化都呈现出多元化的局面。但是，儒学仍然在思想文化领域中占有主导地位，儒学教育有了进一步的发展。同时，佛教、道教在临沂地区也有新的发展，并出现了儒、释、道三家合一的趋势。作为临沂地域文化重要内容的书法艺术也取得了新的成就。一些文化名人或亲至临沂观光游览，或作诗文赞美临沂，使临沂地域文化获得了更高的声誉，产生了更大的社会影响。到明清时期，在临沂地域文化中，封建的旧式文化仍占主导地位，出现了莒州大店庄氏、蒙阴公氏等大家族。但由于此时正处于传统文化向近代文化转型的历史时期，临沂地域文化又表现出一些新的特点，临沂一些进步青年开始参与救亡图存乃至资产阶级民主革命。

在临沂历史文化发展的长河中，留下了丰厚的、宝贵的文化资源：美丽的传说、壮美的人文景观、珍贵的历史遗址、著名的非物质文化遗产、动人且极具教育意义的历史故事等等，值得挖掘、整理、研究，进而进行创新性发展、创造性转化。

目　录

一

风云际会　圣贤聚合

蒙山高，沂水长，沂蒙山区好地方。临沂是自然生态名城。临沂境内自然风光秀丽，素以"山水沂蒙"著称于世。巍巍蒙山横贯东西，滔滔沂河纵穿南北，大自然的鬼斧神工，造就了八百里沂蒙雄奇秀美的壮丽河山。临沂是历史文化名城。早在二十万年以前，人类的祖先就在这块土地上创造了远古文明，在此后的历史长河中，临沂风云激荡，发生了许多影响历史的大事。美丽的自然风光，悠久深厚的历史文化积淀，使临沂以独具特色的自然景观和人文底蕴，吸引着众多文人雅士、权贵大臣乃至封建帝王八方汇集、流连忘返。

（一）历史风云

临沂地处山东东南部要冲，水陆兼济，自古就有"齐鲁锁钥"之称；临沂历史悠久，是中华文明的重要发祥地之一，是东夷文化的发源地和中心区域。重要的地理位置、悠久深厚的文化底蕴，为能臣异士和人民群众提供了广阔的历史舞台。

1. 临沂城的由来

周封鄅与鲁大夫城启阳

临沂城是一座历史悠久的城市，最早见于文字记载的诸侯国是周朝时所封的鄅国，距今已有三千余年的历史。根据《春秋》和《临沂县志》记载，周武王伐纣灭商后，开始分封诸侯，在临沂地界，封了一个夏后氏的后世子孙，国号为"鄅"。

鄅国国君妘姓，子爵。因为是西周所封的夏后氏之裔，故而称鄅国，即禹之后裔的城邑。鲁昭公十八年（前524），鄅国一度被邾国所灭，国君及其夫人被俘。《左传·昭公十八年》记载，是年六月间，鄅国国君正在巡视稻田情况，邾国突然派兵袭击。鄅守军赶紧关闭城门，邾军杀守门人而进入城中，"尽俘归"。翌年，宋国攻伐邾国，邾国不得不送回鄅国被俘之人，鄅得以复国，后来并入鲁国。

临沂城历史悠久，名称也几经变化。建城伊始，临沂城的名称为"启阳"。《左传》记载，哀公三年（前492），鲁国派"季孙斯、叔孙州仇帅师城启阳"。鲁国为抵御其他强国，在十六年内修建了八座城池，启阳便是其中最大的一座，作为鲁国东南方的屏障。经考古发现，启阳城旧址位于今天的临沂老城内，启阳城即为现在临沂城的起始城，启阳之名一直沿用了三百余年。

公元前157年，西汉景帝刘启即位，为避其名讳，启阳改称开阳。北魏地理学家郦道元《水经注》中就有"沂水又南，经开阳县故城东"的记载，可见开阳故城的地理位置即为今天的临沂老城址。

据《临沂县志》记载，隋开皇十六年（596），从即丘县"分置临沂"，可见临沂县是从即丘县分置出来的。隋大业元年（605），即丘县又并入临沂县。次年，临沂县治所从今河东区汤河镇的故县村迁至现在的临沂城内。明洪武元年（1368），临沂县被取消，施行"以州代县"。清雍正十二年（1734），沂州升为沂州府，并设附郭兰山县。至1913年，撤销沂州府建制，兰山县又改为临沂县。至此，沂州之名使用千余年，而临沂之名一直沿用到今天。

如今，启阳、开阳、沂州……这些曾经的古城名称，已变换成为临沂城区一些街道的名称而留存下来，共同见证着临沂这座历史悠久的城市在新时期的繁荣与发展。

2. 古老的军纪训令

伯禽作《鄪誓》

活动在临沂大地上的远古人类在进入文明时代以后，先后建立了若干个东夷族古国，见于记载的其中之一即为费。费，原作鄪，姬姓，春秋时为费，都城在今费县西北上冶镇，春秋初被鲁国吞并。

鄪，在上古时期是东夷部落首领少暤近畿之地。唐、虞、夏、商时代属徐州。《沂州府志·沿革》中记载："古少暤畿内地，在《禹贡》徐州之域，蒙山之阳。"光绪本《费县志·疆域》则记载："唐虞以前，当为少暤近畿之地，在《禹贡》为徐州之域。"

古代典籍中最早记载鄪地的文字为《尚书·鄪誓》。西周初，淮夷和徐戎联合进犯鲁国，时周公长子伯禽在鲁国执政，他率领诸侯讨伐，并誓师，史官记载伯禽训辞，即为《鄪誓》，是这次誓师的记录。

面对淮夷、徐戎等部的兴兵作乱，伯禽准备率军讨伐。抵达鄪邑后，他囤积粮草，训练士兵，构筑工事。待时机成熟，伯禽开始率兵讨伐叛军。出征之前，他亲自发布《鄪誓》，以严明军纪，同时做战前动员，鼓励将士奋勇杀敌。《鄪誓》的大意为："准备好你们的盔甲，不可懈怠。不可损坏牛栏马厩，马牛走失、奴隶逃亡，不可越次追逐。得到的应该敬还失主，不可逾越墙垣去抢劫盗窃。到鲁国各地置办草料、粮食以及筑垒的工具，不得缺少。征讨徐戎不得有误，否则便会被处死。"

伯禽的平叛战争最终取得胜利，安定了鲁国，而《鄭誓》这一古老的军纪训令，也成为费县在中国古代典籍中的最早记载。

3. 琅琊世家大族南迁
琅琊文化的流逝与新生

琅琊世家大族南迁，不仅是移民史上的重要事件，在中华文化发展史上也产生了深远的影响。

西晋末年，临沂人口大批南迁，这是当时尖锐的阶级矛盾与民族矛盾造成的。"八王之乱"长达十六年，西晋统治集团在内耗中消尽了力量。与此同时，长期积累的民族矛盾爆发，匈奴、鲜卑、羯、氐、羌纷纷起兵，并陆续建立自己的政权。兵燹遍地，又加天灾频仍，人民实在无法忍受，纷纷逃离故土。琅琊世家大族就是在这样的时代背景下被迫南迁的。而江南地区优越的自然环境，以及自两汉至东吴以来经济文化的较快发展，特别是南北交流的加速，又为琅琊大族的南迁创造了一定的有利条件。

东晋以及随后的宋、齐、梁三朝皆为移民政权，而琅琊世家大族如琅琊王氏、琅琊诸葛氏、兰陵萧氏、琅琊颜氏、东海徐氏等在政治、经济、文化、军事等诸方面皆处于中轴地位。东晋是"王与马，共天下"，齐与梁则是东海兰陵萧氏的后裔立国。在波澜壮阔的时代背景下，临沂世家大族南迁，为江南地区的发展注入了巨大活力，在政治、经济、教育、文学、书法以及史学等众多方面，均给予江南深刻影响。

在政治方面,琅琊世家大族的南迁促进了移民政权的建立,琅琊世家大族亦成为政治统治中的支配力量。东晋是琅琊王氏策划并主要参与建立的,所以才会有"王与马,共天下"的说法。齐与梁则是琅琊世家大族移民的后裔建立的政权,这样的政权在整个中国历史上都有重要的意义。

在经济方面,琅琊世家大族南迁带来最主要的影响是对江南田地、山泽的开发。这种开发一方面为这些世家大族积累了雄厚的经济实力,另一方面也推动了江南经济的快速发展。

在文化教育方面,琅琊世家大族的南迁对江南地区的教育事业产生了深远的影响。琅琊世家大族以儒学为主要内容的家学和儒玄双修的家庭教育风格,以及重视撰写"家诫""家训"和修谱等,南迁后在潜移默化中影响着南方地区的家风家教。在文学领域,出现了东晋的王羲之、刘宋的颜延之和鲍照、萧梁时期的兰陵萧氏父子(萧衍、萧统、萧纲、萧绎)和东海徐氏父子(徐摛、徐陵)等等。这一时期的江南文坛,代不乏人,群星璀璨,正是这些临沂籍的文坛巨擘,共同为江南文学界增添了奇光异彩。而在书法艺术领域,在南迁的临沂籍士人的不懈努力和积极探索下,加之物质条件的便利和社会风尚的有力倡导,东晋南朝时期的书法艺术迈上了新高度,创造了新辉煌,出现了中国书法史上第一部品评书艺的专著《书品》;名家辈出、书艺精湛的琅琊王氏、琅琊颜氏、东海徐氏,都为书法艺术的南播与发展做出了重要贡献。在史学领域,自东晋以来,南迁的琅琊世家大族中出现了一大批史学人才,他们撰述的体裁众多、卷帙浩繁的史学著作,在整个中国史学发展史上都占有相当重要的地位。

随着琅琊世家大族南迁，琅琊地域文化在流逝的同时得以南播，这不仅改变了传统文化的地理分布，也促进了江南经济文化的发展。从时间上来看，永嘉南渡是整个南方经济、文化发展的转折点；从地域而言，影响六朝政治、文化的代表正是来自临沂地区的世家大族。随着琅琊世家大族南迁，琅琊文化也从"一隅之地"走向了更加广阔的天地，在江南地区获得了新生。

4. 马鬐山上映山红

红袄军在沂蒙

位于莒南县东北与莒县交界处的马鬐山，又名磨旗山，是南宋后期农民起义军首领杨妙真、李全领导的红袄军的驻军之地。起义军在马鬐山安营扎寨，操练兵马，构筑城池，建立抗金根据地，有力抗击了金人对南宋的进攻。至今，马鬐山一带还流传着一首民谣："马鬐山，像马跑，洞里住着恨胡鸟。赵蝈叫，瞎鼠咬，马鬐红花是红袄。"民谣中所唱的正是沂蒙地区红袄军的故事。

马鬐山海拔六百多米，绵亘数十里，因形状酷似一匹奔马而得名。该山雄伟壮丽，名胜古迹颇多，其中还有许多传说故事。如《重修莒志·文献志》记载："马鬐山有巨石，俗称斩将台，迤南摩崖上，刻有'斩大将王仙处'，字经五寸，每逢阴雨，石色殷赤似血，历久不减。"马鬐山上岩洞颇多，著名的有八仙洞、老母洞和寿星洞三处。仙人洞位于南坡，洞门面南，相传是红袄军军师王敏居处。他因料事如神，有"活神仙"之称，所以此洞被称为仙人洞。山南半山腰有一平地，立一巨石，上刻"嘉定九年，四娘子此山下寨"。马鬐山的东南端，略微隆起，有一巨石，呈马口形，所以被称为马口石。关于马口石有两种传说：一说是红袄军将领王仙被杀后，其马脱缰狂奔此巅，西眺主人亡处，悲嘶不止，死而化石，形如烈马昂首，因而得此名；二是传说此石和人称"四娘子"的杨妙真有关。

杨妙真出生于青州益都的杨家庄，她的哥哥杨安儿以制造马鞍、马镫为生，丈夫李全原本是潍州北海的一名佃农，还贩卖过牛马。可以说，他们都是生活在社会底层的人。当时，南宋朝廷偏安江南一隅，山东人民为反抗金朝统治者残酷的剥削和民族压迫，持续不断地走上武装抗金之路，其中规模最大的就是红袄军起义。

红袄军主要有三支，分别为杨安儿领导的胶东红袄军、李全领导的潍州红袄军和刘二祖领导的泰沂红袄军。因为起义军一律穿红色的短袄子，所以被称为"红袄军"。也有一种说法是，因为金朝五行属金，火克金，火的颜色为红色，所以穿红袄也有克金之意。后来杨安儿在战斗中牺牲，始终在起义队伍中的杨安儿之妹杨妙真，开始在起义军中崭露头角。

杨妙真有勇有谋，擅长骑马使枪。她自幼习武，使得一手绝艺"梨花枪"，甚至被称为数十年中"花枪天下无敌手"。她爱兵如子，深得官兵爱戴，在军中被尊称为"姑姑"，有

马鬐山

很高的威信。在她的领导下，红袄军组织严密，英勇善战，屡败金军。此时，李全领导的另一支红袄军在他们驻地附近活动。《宋史·李全传》中称杨妙真"众尚万余，疾驰至磨旗山，全以其众附，杨氏通焉，遂嫁之"。杨妙真与李全结为夫妻，两支军队合编为一，在马鬐山上建立起根据地，继续坚持抗金斗争。后来，另一支红袄军的领袖刘二祖受伤被俘牺牲后，其部将率军归附李全。这样，山东各地的红袄军基本统一起来，马鬐山成为直接对抗金兵的重镇。

随着南宋朝廷招安起义军，驻守马鬐山的红袄军在金军的大力围攻下，选择南向归宋，同时继续全力抗击金兵。李全率红袄军归顺南宋政府，离开了马鬐山，被派往楚州驻防，受封"山东忠义军"。只是朝廷对忠义军极度不信任，一再陷害打压，甚至下达了讨伐令，忠义军惨遭屠杀，李全被害，杨妙真回到山东隐居起来。传说杨妙真的战马日夜寻找主人，最后奔驰回马鬐山，每天面朝南方，默默流泪，直至最后安静地死去。后来，战马的尸体与大山融为一体，山形也随之发生了改变，远远望去就像一匹面向南方扬鬃奔驰的烈马，所以磨旗山又被人们称为马鬐山。

马鬐山的南部，有一块巨大的马口石，就像一个巨大的马头，引颈向南，张着大口。阵阵山风袭来，穿过"马口"，声音像是战马在仰天长啸。人们都说，那是战马在呼唤它的主人杨妙真。马口石里生长着一棵粗大的映山红，树冠如盖，粗壮硕大。传说这棵映山红正是杨妙为感念战马的精诚所栽。不管传说是否属实，马鬐山上的映山红确实见证了红袄军在沂蒙抗击金兵、反抗压迫的壮举。

5. 沂蒙"教案"

临沂人民反洋教

鸦片战争之后，依据不平等条约的规定，西方传教士获得在通商口岸传教的权利。随后，大批享有在华自由传教特权的传教士纷纷涌入中国。他们在各地设立教区，建立教堂，教会势力得到迅速发展。在此过程中，一些西方传教士大肆在华进行间谍活动，干涉中国内政，挑拨民族关系，开展文化侵略，激起了中国人民的极大愤恨，各地反洋教斗争此起彼伏，这其中，就包括临沂人民的反洋教斗争。

从19世纪中叶开始，基督教势力开始向山东渗透。1867年，基督教传入临沂，随后在沂蒙疯狂地扩张势力。传教士们披着宗教外衣，一面传教，一面收容地痞、流氓、无赖、恶霸入教，充当爪牙，欺压、盘剥百姓，甚至挟制官府，包揽词讼，干涉我国内政。临沂人民忍无可忍，纷纷掀起反洋教斗争，在沂蒙发生了多起"教案"。

沂水教案。以安治泰为首的圣言会在沂水王庄设立教会后，传教士一面在平民中强行推广其教义，威逼民众放弃原来的信仰，一面又纵容教民为非作歹，激起当地人民的反抗斗争。1888年春夏间，王庄及附近村庄的绅民组织起来，冲向教堂，掀起了反洋教斗争。

郯城教案。在郯城的神山、西庄，德国传教士戈巴德拉拢一些地痞流氓入教，依仗教会，无事生非，包揽词讼，欺凌乡里，激起民愤。1898年春，杨清贤等人率领民众掀起了轰轰烈烈的反洋教斗争。他们以"抵制洋人洋教，均粮济贫"为号召，捣毁教堂，将教堂囤积的粮物分给贫民。消息传开，周围乡民纷纷响应，参加斗争的群众达两万人。1899年3月，千余民众到郯城聚集，围城门声讨，但是杨振坤、杨振德等主要首领被暗算、诱捕入狱，杨清贤在乡亲们掩护下逃亡他乡。

费县教案。德国天主教会进入费县后，低价强购或强行霸占当地农民田产，还广收无赖、恶霸入教，给以庇护。教徒有教会撑腰，有恃无恐，肆意对广大民众敲诈勒索，任意欺压，费县民众纷纷起来反抗。1899年2月，费县境内的同乐、接峪、青山湖、丰厚庄等地饱受教会欺凌的民众五十余人，在孙玉田、孙孝德等人的领导下，手持大刀、长矛等武器，高喊"抢洋教，打洋人"口号，攻打教堂，沿途群众纷纷加入，教士、教徒闻风而逃。当天下午，孙玉田、孙孝德又带领五百余民众再次袭击同乐庄，抓获教徒谢景伦父子，押赴村外处死。同时，费县东南乡西村民众在孙朋起领导下，聚众百余人，持刀枪棍棒，涌往青山湖、接峪等村，展开反洋教斗争。1909 年 10 月，费县白埠村爆发了孙隆三领导的反洋教斗争。孙隆三聚众四五百人，将依仗洋教欺压百姓、作恶多端、人称"二鬼子"的教徒孙隆典捅死，火烧白埠教堂，捣毁了洋教店铺。在传教士华德胜威逼下，县衙遂在白埠村逮捕了村民三十余人，孙隆三也被捕入狱，反洋教斗争失败。

这些教案显示了临沂人民不畏强暴、不屈不挠的反抗侵略精神和勇于斗争的光荣传统。

6. 辛亥革命的"临沂力量"

中国同盟会在临沂

辛亥革命是一场由资产阶级领导的以反对封建君主专制制度、建立资产阶级共和国为目的的革命，是比较完全意义上的近代民族民主革命。在这场轰轰烈烈的革命运动中，活跃着一群临沂籍革命志士的身影，他们以自己的远见卓识和不屈不挠的革命斗志，成为辛亥革命中一支重要的"临沂力量"。

作为近代中国第一个资产阶级政党，中国同盟会的成立推动了资产阶级民主革命高潮的到来。临沂籍革命志士作为辛亥革命时期较为活跃的一支革命力量，和全国广大革命志士一道，自始至终参与了同盟会的活动。

1905 年，同盟会成立之初，临沂籍在日留学生李光仪、赵保太、段荫远、庄陔兰、周瑞麟、刘佛缘等就加入了该组织。这些临沂籍同盟会会员留日期间，积极宣传同盟会的政治纲领，联络进步爱国力量，扩大了同盟会组织及其影响。他们回国后，和全国革命志士一道，在同盟会筹备成立、舆论宣传、武装起义等方面也都发挥了重要作用。

19 世纪末 20 世纪初，民族危机日渐严重，培养人才、挽救民族危亡成为当务之急。以同盟会为代表的资产阶级革命派认为，谋求强国，莫过于办学，欧美列国国强民富的根本原因在于"其国多士人"。在此思想指导下，同盟会利用清末实行新政、开放办学的机会，着手培养敢于"宣战君主""内修战事，外御强邻"的革命者。同盟会积极介入各地的办学，其在临沂的教育活动尤有特色。

同盟会山东分会会长李光仪回国后，任沂州初级师范学校教务长、县署"乙种警察教练所"教习等职。他在课余经常向学生宣讲中国的危机情势和清政府的腐败无能，指出瓜分之祸迫在眉睫，中国只有在四万万同胞的团结下，发愤图强，实行新的改革，方可振兴。周瑞麟于光绪三十二年（1906）毕业返国，在家乡沂水县城自费开办沂水第一公学，作为同盟会活动基地，暗中发展会员。除了这些留日学生外，一些在国内加入同盟会的革命志士也积极从事新式学堂的创办工作。如郯城县马头镇人方耀庭，曾就读于济南优级师范学堂，经丁惟汾介绍加入同盟会后，发展同乡于霭辰、孙寿椿、邓月楼等入会，并同他们一起在家乡办起"求是学堂"，后改为郯城第三小学。

同盟会会员于霭辰曾自费购买《私塾改良刍议》五十本送家乡各私塾，还在家中自办女子学堂，取名"图始女学"，自任校长并亲自授课。在其影响下，郯城县马头镇新学堂一时间组建了十余所。可以说，同盟会通过在临沂任教办学，宣传了自己的主张，扩大了对各阶层的影响，壮大了自己的社会基础，直接推动了资产阶级革命在沂蒙的进行。

一些非临沂籍的同盟会会员也在临沂地区直接建立和发展组织，开展活动，为革命党人在沂州的继续斗争奠定了一定的基础。高密人、山东同盟会的重要领袖之一刘冠三，光绪三十四年（1908）春来沂州开展革命工作，发展孙建平加入了同盟会，扩大了同盟会的影响。峄县台儿庄人尤民，光绪三十二年（1906），经同盟会山东主盟人丁惟汾介绍，与同学日照人薄子明等人一起加入了同盟会。辛亥革命前夕，尤民联络同盟会会员吴廷勋、李应凯等人，一同活跃于鲁西南、沂州等地及大江南北。尤民等人还多次在沂州动员军队及绿林豪杰参加革命，取得了一定成效，推动了沂州辛亥革命的发展。

在辛亥革命中，临沂地区有较突出的表现。武昌起义爆发后，湖北军政府号召各省武装起义，推翻清王朝的统治，临沂革命党人纷纷参加起义。同盟会会员，在保定与吴禄贞共谋起义被捕后遣送回原籍的孙金宣和滦州起义失败后逃回家乡的李淑九重逢后，与刘敢臣、孙爱庭、张问山、颜赞臣等同志一起，筹备武装，随时准备策应革命军。费县的同盟会会员殷澄吉、李洪义、王警、朱旭昌、殷树堂、杨竹泉等也组织了数百人的革命队伍，准备起义。可见，辛亥革命之所以能在临沂地区得到积极响应，是同盟会志士在建立和发展组织后，积极传播革命民主主义思想的结果。

中华民国建立之初，同盟会会员多以议员身份开展公开的革命活动。例如，同盟会山东分会在济南正式成立后，即委派沂水人刘次哲前来兰山，组建兰山分部。同盟会会员朱旭昌也在临沂公开组织同盟会，发展会员。李光仪曾于宣统二年（1910）筹办过兰山县的县议会。辛亥革命后，他主持县议会工作，向县公署提出许多兴利除弊的条陈。刘佛缘、方耀庭、于霭辰则被推举为山东省议会议员，他们积极发挥议员的职能，对国家地方兴革大计多有建议。

袁世凯窃国后，积极准备消灭进步力量，在临沂地区的同盟会志士继续进行斗争。沂水县革命党人周瑞麟、郑瑞麟、高筱山、杨宝林因反袁被捕入狱，后周瑞麟牺牲于狱中。沂水籍老同盟会会员刘溥霖因参与反袁斗争，于1915年5月在青岛日本租界被捕，后被山东都督靳云鹏引渡押至济南，交军法处监禁。刘溥霖被审讯时，自述革命历史，大骂袁世凯卖国复辟行径，遂被杀害于济南东门外柳园。方耀庭也积极参加反袁斗争，他刚从学校毕业即被逮捕，同时被搜去国民党徽章符号及手枪等。收押期间，敌人极尽酷刑，方耀庭始终严守机密，使全省准备武装起义的同志及各县革命党人幸免于难。他大义凛然，矢志不移，被害于济南东关山水沟。而这时多数临沂籍老同盟会会员，在逆境中以发展教育、开拓实业贡献于社会，并从事秘密斗争。丁惟汾在临沂创办琅琊法政学校，学校开办了一年多，为袁氏爪牙侦知，遂连同临沂国民党组织一起被取缔。

杨宝林出狱后回沂水出资开办第三公学，以继续周瑞麟未竟之业。该校招收贫民子弟入学，以培养革命力量。郯城马头镇孙寿椿，以自家文昌阁作校址，创办私立新民小学。学生所用课本、纸张皆由孙氏供给，逢各种节日，孙氏还馈赠食品给学生。因此，许多家境贫寒的孩子得以入学，其中许多人后来成为革命家、学者、专家。孙寿椿还出资创办蚕业学校，开办振兴煤矿公司、三友铁厂，发展地方经济。于霭辰也在郯城马头镇办起了琅玡草帽公司，组织传授草编技术，以求富民。

总之，在辛亥革命前后十多年间，临沂志士以民主革命为己任，献身反清反袁、建立民国的斗争，经受了革命的实践锻炼。虽革命屡遭挫折，反动势力猖獗一时，但革命志节愈挫愈坚，在辛亥革命史上留下了弥足珍贵的一页。

（二）八方来客

临沂自然风光优美，历史悠久，文化底蕴深厚，吸引着八方来客。自古以来，多少文人雅士、帝王将相曾经汇聚临沂。他们以各种不同的形式与临沂发生着多层面的联系，并留下了许多脍炙人口的诗文佳作，为临沂增添了光彩。

1. 圣人无常师

孔子师郯子

唐代著名文学家韩愈在《师说》中说："圣人无常师，孔子师郯子。"这里所说的郯子，是春秋时期郯国的国君。

郯国是周初东夷部族少昊后裔建立的一个诸侯小国，嬴姓，一说己姓，子爵，为鲁国附庸。《汉书》中载："郯，故国，少昊后，盈（嬴）姓。"《山东通志》则记载："郯己，少昊之后，春秋时昭公十七年郯子来朝，今郯城县城。"约公元前11世纪，少昊后裔中的炎族首领就封于炎地，称炎国。炎，古音亦读"谈"。春秋前后，国名多加"邑"字，从而炎国演化为郯国。

郯子是少昊的后代，少昊是黄帝的长子，古代有名的帝王，所以郯子出身高贵。他是郯国的国君，人们尊称他为郯子。郯国是一个很小的国家，只有一座城，位于今天的临沂市郯城县。

鲁昭公十七年（前525），郯子来到鲁国都城曲阜朝拜国君。鲁昭公很高兴，设宴招待郯子。

郯子是附属国的国君，鲁昭公在设宴招待时，不免在礼法上有些轻慢他。鲁国的大臣中有个叫叔孙昭子的，也有点看不起郯子，于是就调侃起他来了："听说少昊帝爱用鸟名来称呼官职名，为什么不选择更好的称呼呢？"宴会上的鲁国君臣听到后都在窃笑，等着看郯子出丑。郯子立刻明白了叔孙昭子的用意，不过郯子不慌不忙，因为他心中已想出了对答之策。

郯子说："少昊是我的祖先，我当然知道。我的祖先少昊初立位时，恰好有凤凰飞来，这被当成吉祥的征兆，因此就拜鸟为师，以鸟名来称呼各种官职。"郯子进一步解释说，"从前黄帝以云来记事，因此他的百官都以云命名；炎帝以火来记事，因此他的百官都以火命名；共工氏以水记事，他的百官都以水命名；太昊氏以龙记事，他的百官都以龙命名。我的高祖少昊的百官以鸟命名，如凤鸟氏掌管历法。凤凰是吉祥的神鸟，它一出现天下就和平安定，它是知道天时的，历正是主管历数正天时的官，故叫凤鸟氏。玄鸟氏掌管春分、秋分。玄鸟即燕子，它们春分飞来，秋分离去，故掌管春分和秋分的官名为玄鸟氏。伯赵氏掌管夏至、冬至。伯赵就是伯劳鸟，它夏至开始鸣叫，冬至停止，官职以它命名。青鸟氏掌管立春、立夏。青鸟就是鸧鹐，它在立春开始鸣叫，立夏停止，故这个官职以它命名。丹鸟氏掌管立秋、立冬。丹鸟即雉，它立秋飞来，立冬离去，故以它命名。以上这四种鸟都是凤鸟氏的属官。祝鸠氏就是司徒。祝鸠非常孝顺，故以它命名主管教育的官。从颛顼之后，因为无法记录远古时代的事情，就从近古时代开始记录。作为管理百姓的官职，就只能以百姓的事情来命名，而不像从前那样以龙、鸟命名了。"满座人无不佩服郯子的学识渊博。

这件事很快传播开来，鲁国人都知道了郯子是有大学问的人。孔子当时二十七岁，在鲁国做个小官，他听说了郯子这番话之后，就前去拜见、求教郯子。孔子见到郯子，说明自己是来学习古代官制的。郯子也听说过孔子的才学，于是便答应了孔子的要求。孔子跟郯子学习了许多古代官制的知识，因此经常对人们说，郯子真是一位博学多识的智者。

至今保存在曲阜孔庙内的《圣述图》内有一幅插图叫《学于郯子》，讲的就是"孔子师郯子"的故事。

2. 兰陵令捉"怪"

荀子勘庙

荀子名况，字卿，战国末期赵国人，著名的思想家、哲学家、教育家，儒家学派的代表人物，先秦时代百家争鸣的集大成者。荀子曾三次担任齐国稷下学宫的祭酒，两度出任楚兰陵（今兰陵县兰陵镇）令。晚年蛰居兰陵县著书立说，收徒授业，终老于斯，被称为"后圣"，是沂蒙文化早期的主要代表人物之一。

相传，荀子在任兰陵令的时候，兰陵城外社庙中一棵古柏在夜里忽然发出吱吱的怪声。这件事一传十，十传百，很快传遍全城。有人说："社庙古柏得道，兰陵人有此神树保佑，从此有好日子过了。"也有人说："古柏怪叫，大难来到，兰陵人要遭殃了。"后来越传越玄，闹得满城风雨。许多士农工商放下活计，纷纷抬上"三牲"到社庙里烧香磕头，祈求神灵保佑，本来荒凉的社庙一时间门庭若市，烟雾缭绕。这样一来，人心躁动，生产和社会秩序受到严重影响。

荀子知道这件事情以后，立刻颁布了一纸安民告示："社庙古树怪叫，城内谣言纷传。此乃物之罕见，不必惶惶不安。加强耕战守备，不怕灾荒战乱；行动不违时令，暑寒难为病患。倘若轻信谣言，废弃农桑生产，致使田园荒芜，殃祸即在眼前。

万望各安生业，谨防小人作乱。若有造谣惑众，必当查究从严。"

告示发出之后，社会秩序稍微安定了一些。但社庙里那棵古柏仍不时怪叫，人们的恐惧仍未消除。为了彻底破解这个谜，荀子决定亲自到社庙里去勘查一番。

夜半三更时，荀子换上便衣，带上两个随从，打着灯笼悄悄往城外走去。将近社庙的时候，忽然阴云密布，狂风骤起，灯笼被吹灭了，周围漆黑一团。就在这时，只听见社庙里那棵古柏吱吱怪叫起来，声音尖厉刺耳，令人毛骨悚然。两个随从吓得浑身颤抖如筛糠，再也走不动了。荀子一手接过灯笼，另一手按着腰间长剑，不慌不忙向庙里走去。进庙以后，那叫声戛然而止。

荀子找了个避风处，取火掌灯，举起灯笼一照，原来是几只白毛老鼠正在古柏下惊奇地瞧着他这位不速之客。荀子抽出腰间宝剑一挥，几只老鼠吓得争先恐后钻到树洞里去了。看到此情此景，荀子不由得哈哈大笑起来。

庙外两个随从听见荀子的笑声，心中十分纳闷，提心吊胆地向庙里走来。进庙一看，见荀子正举灯执剑在古柏上刻字。两个随从问道："先生，你刚才看见什么妖怪了？""妖怪？"荀子指指下面的树洞说，"妖怪都在这里头呢。"两个随从循着荀子手指的方向借着灯光往树洞里一看，恍然大悟，异口同声地说："啊！原来是这几个小畜生在作祟！若非先生不畏天命，气豪胆壮，深夜勘庙，揭穿秘密，好端端一个兰陵城，说不定就叫它们给搅乱了！"荀子说："是啊，应该让我们的后人谨记这个教训！"随从再看荀子树上刻下的字，齐声念道：

"鼠假神威，国人骚骚。神灵何在，皆为人造。"

至今，兰陵一带还流传着荀子勘庙的故事。

3. 诗仙赞美酒

李白醉卧兰陵

李白，字太白，号青莲居士，唐代诗人，有"诗仙"之美誉，与杜甫并称"李杜"。其诗以抒情为主，表现出蔑视权贵的傲岸精神，对人民疾苦表示同情，又善于描绘自然景色，表达对祖国山河的热爱。李白的诗风雄奇豪放，想象丰富，语言流转自然，音律和谐多变，善于从民间文艺和神话传说中吸取营养和素材，构成其特有的瑰玮绚烂的色彩，是屈原以来最具个性特色和浪漫精神的诗人。李白存世诗文千余篇，有《李太白集》三十卷。

三十五岁的李白由湖北安陆移家东鲁，寓居任城（今山东省济宁市）十余年，山东可谓李白的第二故乡。一生浪迹山川的李白，对鲁地的湖光山色、风土人情极为喜爱，为后人留下了许多描写当地风物的优美诗篇。

一次李白到了中都县（今济宁市汶上县），住在一家客栈，县吏逢士朗特地携两尾鲜鱼和一罐好酒来拜访李白。李白见鱼是汶水中的"紫锦鳞"，酒是兰陵的"郁金香"，正是自己喜好之物，便也不讲客气，叫店小二赶快收拾出来，美美地饱餐一顿，痛饮一番，最后才想起自己与逢士朗萍水相逢，怎好白吃人家，想酬谢逢士朗。逢士朗对李白说："我什么报酬也不要，就要你一首诗。"李白顺水推舟："我也无以为报，只有送你一首诗。"说罢，提笔写了《酬中都小吏携斗酒双鱼于逆旅见赠》：

鲁酒若琥珀，汶鱼紫锦鳞。

山东豪吏有俊气，手携此物赠远人。

意气相倾两相顾，斗酒双鱼表情素。

双鳃呀呷鳍鬛张，拨剌银盘欲飞去。

呼儿拂机霜刃挥，红肥花落白雪霏。

为君下箸一餐饱，醉著金鞍上马归。

关于兰陵美酒，李白写过的最重要的一首诗是《客中作》。开元二十八年（740）5月，李白到山东游历，经过兰陵时，闻酒香弥漫，见酒旗飞舞，于是痛饮神往已久的兰陵美酒，并作诗，全文如下：

兰陵美酒郁金香，玉碗盛来琥珀光。

但使主人能醉客，不知何处是他乡。

这首诗的大意是，兰陵美酒甘醇，就像郁金香草芬芳四溢。兴来盛满玉碗，泛出琥珀光晶莹迷人。主人端出如此好酒，定能醉倒他乡之客，分不清何处才是家乡。

这首诗从色、香、味、情等各个方面对兰陵美酒进行了综合鉴赏，描绘出了兰陵美酒风格独特、色泽殊美、味压群芳的

兰陵美酒郁金香
玉碗盛来琥珀光
但使主人能醉客
不知何处是他乡

客中作
李白

李白饮兰陵酒图

特点。李白一生与酒、与诗结下了不解之缘，咏酒名篇佳句甚多，但专写一种酒并进行全方位鉴赏，写出了酒名（兰陵美酒）、酒香（郁金香）、酒器（玉碗）、酒色（琥珀）、酒礼（主人劝酒醉客）、饮后感受（宾至如归，忘却身在异乡）等，却唯有这一首《客中作》，由此足见兰陵美酒的魅力。这也在中国酒史和诗史上，留下了"诗神会酒星，美酒加绝句"的千古美谈，兰陵美酒也借着这首《客中作》而名扬神州。

这首诗既是对兰陵美酒的赞颂，更是自身情感的抒发。一方面，李白对兰陵美酒的制作工艺、品鉴方式等进行了描写。

古代著名的兰陵美酒是用郁金加工浸制，酒色金黄，带有醇浓的香味，是酒中极品。另一方面，可以感受到当时的李白还是心有所属，以为自己会实现人生理想，写得很是有趣，不过又流露出了对于故乡的思念之苦。这一时期，唐朝社会呈现出财阜物美的繁荣景象，人们的精神状态一般也比较昂扬振奋，李白更是重友情、嗜美酒、爱游历，在他心目中，祖国山川风物，处处美丽。此时李白虽抱有经世济民之志，但对隐逸山林也很向往。在优美的自然环境中，他高歌纵酒，啸傲山林，怡情自然，怀才自负，毫无末路穷途之感。全诗语意新奇，形象洒脱，一反游子羁旅乡愁的古诗文传统，抒写了身虽为客却乐而不觉身在他乡的乐观情感。

这首诗赞美了美酒的清醇、主人的热情，表现了诗人豪迈洒脱的精神境界和李诗豪放飘逸的特色，同时也从一个侧面反映了盛唐社会的繁荣景象。

李白醉卧兰陵，诗赞兰陵美酒后，兰陵美酒美名远扬，直至今天，千古不衰。

4. 诗仙诗圣喜相逢

李白杜甫聚蒙山

蒙山风景秀美，巍峨旖旎，素有"岱宗之亚"的称号，在历史上吸引了一大批文人墨客前来游览吟咏，并留下了大量佳作名篇。诗仙李白和诗圣杜甫结伴同游蒙山的故事，就是其中的一段佳话。

唐天宝四年（745）秋天，李白与杜甫在鲁郡相会，先是同游泰山，之后又同游蒙山。当时，原居于鲁郡城北的范十已在蒙山隐居，所以这次李、杜同游蒙山，一方面是为了寻访范十，另一方面也是为了寻仙问道，会见著名道士元丹丘、董奉先等。

李、杜到达蒙山后，尽览初秋时节的蒙山风光。在隐士范十居处，受到热情接待。后来，杜甫追述此次游览与寻访的情景，有《与李十二白同寻范十隐居》一诗传世。其诗云：

> 李侯有佳句，往往似阴铿。
> 余亦东蒙客，怜君如弟兄。
> 醉眠秋共被，携手日同行。
> 更想幽期处，还寻北郭生。
> 入门高兴发，侍立小童清。
> 落景闻寒杵，屯云对古城。
> 向来吟《橘颂》，谁欲讨莼羹？
> 不愿论簪笏，悠悠沧海情。

从这首诗来看，李白当时写了一些优美的诗句，但这些诗可能没有流传下来。不过，其大体内容可以推想出来，因为有"往往似阴铿"一句。阴铿是南朝宋时的诗人，以写景见长，由此可以推想出李白的"佳句"，大概是写初秋时节蒙山景色的。

杜甫这首诗的内容颇为丰富，既写了他与李白的深厚友情，如亲如兄弟、同眠共被、携手同行等，又写了访问范十的情况。

范十作为一名隐士，志趣高雅，淡泊名利，连其小童亦显得清纯可爱。诗中以"北郭生"称之，其典出自《后汉书·廖扶传》。廖扶习《韩诗》《欧阳尚书》，有生徒数百人。他不愿为官，未曾入城市，时人号为北郭先生，年八十终于家。同时，范十在鲁郡城北居住，亦是称为北郭先生的一个原因。

寻访完范十，李白和杜甫又同去蒙山玉虚观拜访元丹丘等道长。经过一番问仙论道的晤谈后，李、杜二人即离开该处。若干年后，杜甫作《玄都坛歌寄元逸人》，亦提到这次相见。其诗曰：

> 故人昔隐东蒙峰，已佩含景苍精龙。
> 故人今居子午谷，独在阴崖结茅屋。
> 屋前太古玄都坛，青石漠漠常风寒。
> 子规夜啼山竹裂，王母昼下云旗翻。
> 知君此计成长往，芝草琅玕日应长。
> 铁锁高垂不可攀，致身福地何萧爽。

后来，李白在诗中也多次提到元逸人，也就是元丹丘。比如天宝十一年（752）李白在嵩山遇到元丹丘时，作《将进酒》一诗，其中即有"岑夫子，丹丘生，将进酒，杯莫停"之句。可见，李白与元丹丘在蒙山的相见，进一步巩固了他们之间的友情。

李白与杜甫离开蒙山玉虚观后，继续观赏蒙山景色。当杜甫看到蒙山随着秋风的吹拂，正逐渐呈现出秋日的风光时，不由得想到自己虽然已过而立之年，却尚未有所成就——既未能出仕从政，做到"致君尧舜上"，亦未能成仙成道；再看李白，年长自己十一岁，虽已颇有诗名，但在仕途上也颇多曲折，因而顿生劝勉与自勉之意，于是成七言绝句一首，后名为《赠李白》。诗云：

秋来相顾尚飘蓬，未就丹砂愧葛洪。

痛饮狂歌空度日，飞扬跋扈为谁雄。

李白、杜甫离开蒙山，共同回到鲁郡城，隐居蒙山的范十也回到鲁郡城北居住。李白曾往造访，并作《寻鲁城北范居士失道落苍耳中见范置酒摘苍耳作》一诗纪其事。秋末，李白与杜甫、范十分手。李白先后写了《鲁郡东石门送杜二甫》和《秋日鲁郡尧祠亭上宴别杜补阙范侍御》两诗，记述与杜甫、范十分别的情形。李白将出东鲁境、辞别友人时，还写下了《别东鲁诸公》，也就是《梦游天姥吟留别》。从此以后，李、杜二人再未相见。

5. 状元诗中的蒙山

萧颖士题蒙山

萧颖士，字茂挺，出身兰陵萧氏，唐代著名文学家。他天资聪颖，四岁即能为文，十岁时补为太学生，开元二十三年(735)进士及第，对策第一，后任秘书正字。当时裴耀卿、席豫、张均、宋遥、韦述等人声誉很高，萧颖士便与他们交游，因而名播天下。后来他奉命到赵、卫间搜集遗书，因久未复命，被免官，留居在濮阳。当地的一班青年学子尹征、王恒、卢异、卢士式、贾邕、赵匡、阎士和、柳并、刘太真等人，皆拜在萧颖士门下，尊之为"萧夫子"，萧颖士对他们——授业。萧颖士的著作多已散佚，后人辑录为《萧茂挺文集》一卷，流传至今。

萧颖士因为人正直而难在官场立足，但在文化上的成就却长留人间，其声誉远播域外。《旧唐书》本传称："新罗使入朝，言国人愿得萧夫子为师，其名动华夷若此。"《新唐书》本传亦载："倭国遣使入朝，自陈国人愿得萧夫子为师者。"萧颖士在罢官后亦授业多人，甚至朝鲜、日本等国亦派使者前来，愿得萧夫子为师，可见萧颖士的影响之大。就是这样一位文学名士，与蒙山还有一段不解之缘。

在萧颖士奉诏搜求遗书时，曾往返蒙山，并作有《蒙山作》一诗，诗云：

东蒙镇海沂，合沓百余里。

清秋净氛霭，崖崿隐天起。

于役劳往还，息徒暂攀倚。

将穷绝迹处，偶得冥心理。

云气杂虹霓，松声乱风水。

微明绿林际，杳窱丹洞里。

仙鸟时可闻，羽人邈难视。

此焉多深邃，贤达昔所止。

尚子捐俗纷，季随蹑遐轨。

蕴真道弥旷，怀古情未已。

白鹿凡几游，黄精复奚似。

顾予尚牵缠，家业重书史。

少学务从师，壮年贵趋仕。

方驰桂林誉，未暇桃源美。

岁暮期再寻，幽哉羡门子。

萧颖士诗中的蒙山，屹立于沂海之地，绵延百里，气势雄伟。蒙山风光无限，云气缭绕，彩虹长生，松涛水声相激，绿树成林，遮天蔽日，雾霭出自深洞，又不断听到山鸟和鸣，表达了作者对蒙山壮美风光的赞颂之情。

6. 官修临沂孔庙
保存完好的鲁东南最大古建筑群

在临沂市兰山区兰山街道，赫然屹立着一座孔庙。孔庙，又被称为文庙，是历代祭祀孔子的地方，也是旧时州学、府学所在地。孔子作为中国古代杰出的思想家、政治家、教育家，创立了儒家学说，成为中国古代思想、文化的正宗。孔子被历代帝王敕封为"大成至圣"，甚至还有"文宣王"的封号，在历代统治者大力提倡尊孔崇儒的背景下，大量孔庙建筑遍布全国。目前中国较为完整的孔庙约有三百座，而临沂孔庙历时千余年，堪称鲁东南最大的古建筑群。

临沂孔庙

　　《临沂县志》《文庙重修碑记》等记载，临沂孔庙始建于宋代以前，后经多次重修，规模宏大。其中，《临沂县志》中的记载颇为详细："孔子庙，在县治西，旧在东南，宋靖康毁于火。金守臣高召，卜迁今地，其后再毁再葺，元末兵燹，故址仅存。明洪武二年，知州罗希孟重修。正统年间，知州贺祯再修。弘治间，知州张凤、吴寅，正德年间知州朱衮，相继增修。嘉靖三十五年，东兖道任希祖见庙庑圮坏，呈请拆经府殿房重建。清乾隆初知府李希贤、道光十五年知府熊遇泰、光绪九年知府锡恩，重加修缮。其制：中为大成殿。东西为两庑。庑北为神厨、神库。南为戟门。南门为泮池，上有石梁；东门南为照壁。庙后迤东为崇圣祠。"

　　孔庙建筑群整体呈长方形，内有两株明代时种植的古银杏树，年代久远，却依旧高大茂盛。中间为主体建筑大成殿，里面供奉着万世师表——孔子像，两侧为四配，东侧是颜回、子思的塑像，西侧是曾子、孟子的塑像。建筑群的东西两侧为两庑，庑北为神厨、神库，殿后为明伦堂，左右列"明德、新民至善斋"，殿南为大成门。门南为泮池，上有石梁，池前为棂星门，门南为照壁。照壁南侧为双龙戏珠的图案，北侧为《论语》中"己所不欲，勿施于人"的原文全句。大成门东有名宦祠，西有乡贤祠，因年久失修，现仅存大成殿、明伦堂及两棵古银杏树。

临沂孔庙是临沂市域内规模较大的仿古建筑群，总占地面积 6975 平方米，建筑面积 2878 平方米。临沂孔庙大门朝南，沿中轴线自南而北，依次为前大门（东西耳房）、大成殿、明伦堂、办公楼。分前、中、后三进庭院，布局合理，雄伟壮观。

1992 年 6 月，山东省人民政府将临沂孔庙公布为省级重点文物保护单位。临沂孔庙不仅是人们瞻仰中国古代思想家、教育家孔子的圣地，而且也成为临沂市革命传统教育和爱国主义教育基地。

7. "兰山冤案"

扬州八怪之李方膺蒙冤记

他出身书香仕宦之家，在诗、书、画、印等领域皆有一定的艺术成就；他一生宦海沉浮，三任知县，三任知州，虽两度罢官，仍获得"有惠政，人德之"的赞誉。他就是清朝著名画家、扬州八怪之一、曾任兰山知县的李方膺。

李方膺（1695—1755），江南通州（今江苏省南通市）人，二十岁时就立下了"奋志为官，精心作画"的宏愿。他勤于政事，为官清廉，刚直不阿，《乐安县志》中称其"年少才高，政绩卓著"。担任乐安知县期间，当地发生洪水灾害，因未及禀报便开仓放粮，赈济灾民，招来"擅动官谷，违例请粜"的罪名，后因得到田文镜的理解与庇护，方才免受责罚。为根治水患，李方膺组织人员深入灾区实地了解情况，写出了《小清河议》《山东水利管窥》等，为水患治理和水利民生积累了经验。只是，在后来的仕途中，李方膺并不是每次都如此幸运。

雍正十二年（1734），沂州升级为府，新置兰山县，李方膺为首任知县。雍正十三年（1735），李方膺到达兰山后，详细了解该地民风乡情，关注百姓疾苦。在接到州县要大力开垦荒田的命令后，李方膺考虑到沂州一带实际情况，提出了反对意见，却也因此得罪了新任总督王士俊，最终被罢官入狱。

李方膺反对垦荒令是有原因的，在实际条件不允许的情况下，实施此项政令，不仅不能缓解民生之苦，甚至还会加重人民负担。当时许多百姓听说李方膺被下狱问罪之后，纷纷上言："公为民故获罪，请环流视狱。"农民们成群结队，自发前往探望，却被阻止。百姓们就将带来的钱物粮食扔进监狱，将带来的酒坛留在监狱大门外。当时百姓留下的东西，将监狱大门和甬道都给堵住了，由此可见有多少百姓前来探视。这场冤狱，便是历史上著名的"兰山冤案"。

李方膺因为此事，一直在监狱里待了三年。直到后来乾隆帝登基，彻查开垦荒地失策一事，李方膺才得以平冤昭雪。

李方膺被放出来后，入京觐见，受到朝臣尊敬。觐见后，朝廷将李方膺调任安徽某地知县，但是李方膺最后以母亲年老、自己要回乡供养而婉拒。

乾隆四年（1739），李方膺母亲去世。他服丧六年后，出任安徽潜山知县，权知滁州府，不久调任合肥知县。

在合肥，李方膺再次遇到灾难，因为没有"孝敬"上司，遭到记恨，被以"贪赃枉法"的莫须有罪名问责，最后罢官归乡。

李方膺罢官之后，寓居南京借园，自号借园主人，常往来扬州卖画以资衣食，日子过得还算清净潇洒。李方膺善画松、竹、兰、菊、梅、杂花及虫鱼，也能画人物、山水，尤精画梅。其作品纵横豪放，墨气淋漓，粗头乱服，不拘绳墨，意在青藤、白阳、竹憨之间。乾隆十九年（1754），在南京住了五年的李方膺因病归乡，最终因"噎疾"去世。临死前，他在自己的棺木上写道："吾死不足惜，吾惜吾手！"

李方膺历任乐安知县、莒州知州、兰山知县、潜山知县、代理滁州知州等职。他为官不顺利，多次被冤，但为国为民，尽职尽责，因此有"有惠政，人德之"的美誉。他在临沂兰山被上司冤枉，但兰山人对他有情有义，也是对他为官的肯定。

8. 临沂考棚街的由来

李希贤创立沂州府考院

老临沂人一定还记得，临沂有一条考棚街。过去的考棚街，东起沂州路，西至沂蒙路，与洗砚池街相接，长约五百三十米，已有数百年的历史。

考棚，又称考院、贡院，是科举时代士子们的应试考场。顾名思义，考棚街正是原来沂州的学子们考取功

临沂考棚街

名的地方。清朝前期，临沂没有考院，沂州府所辖六县（兰山、费县、郯城、蒙阴、沂水、日照）一州（莒州）的考生，均须到曲阜应试，路途遥远，十分不便。乾隆十九年（1754）秋，知府李希贤倡议捐建考院，并拿出自己一年的俸禄作为表率，得到了各县乡绅的积极响应。

李希贤，字季廉，四川长寿人，拔贡出身。乾隆十八年（1753）春，李希贤由湖南桃源同知升任沂州府知府。

初至沂州府，李希贤巡视城中诸事，心中不禁悚然一惊：只见沂州府的孔庙和府学，破烂糟朽，门庭坍毁，栋宇摧颓；村农市贩踩着废墟买卖交易，简直沦为畜牧之场。他感叹道："作为祭祀先圣、释奠隆礼之地，竟任其遭受风雨，污秽不治，就算是哪个村社的私塾，尚恐有辱斯文，何况是我堂堂一府之学宫啊！"李希贤决定，新官上任，就从重修孔庙和府学入手。

李希贤随即会见沂州府的乡绅及府衙官吏，商讨重修圣庙和府学的事，并率先捐出自己的俸禄作为倡导。大家见他如此，也纷纷出资响应，提供银两、木材等修缮必备的物资。

在李希贤的带领下，孔庙和府学的毁坏之处得以修缮，荒废的地方得到重新利用，低矮和狭窄的建筑被扩建，原有的建筑焕然一新："堂庑巍然，门墙翼然，荆榛荒芜之区，一变而为声明文物之所。"其中的花费全部来自乡绅和官府的捐助，没有从百姓身上要一分一毫。新修缮的府学成为沂州府的文化中心，许多学子就是从这里走出去，考取功名。

象征一府之文脉的孔庙与府学重建，不仅是文治政绩的宣扬，更是为了在沂州府人心中重立尊师重道、崇儒尚学的观念，为教育的发展打下根基。

在清代，走向科举是教育的最终目的。清廷规定：参加科举考试之前，必须先参加院试。各地考生在县或府里参加考试，被录取者为生员（俗称"秀才"），然后才有资格入府、县学宫，接受教官的月课与考校。

沂州府设立初期，没有设立考院，沂州学子参加院试须远赴曲阜。当时，沂州境内的学子须北渡沂水、沭河，结伴远行。冬日雨雪霏霏，夏日烘汗如浆，许多学子在奔赴考场的途中就病倒了，即使按时到达曲阜，因为长途跋涉疲惫不堪，也很难在考试中有良好发挥。

科举不振，则一州不兴。科举出身的李希贤深知十年科考之艰辛，感到修建考院之事迫在眉睫。然而，此时正逢沂沭之滨水患，土壤贫瘠，农耕歉收，若再因工程劳费民力，实在于心不忍。因此，李希贤对此事一直迟疑不决。

后来，事情迎来了转机，沂州"来牟丰登，而秋成复歌大有、横阡纵亩收稻粱"。值此丰收之年，李希贤召集僚属绅士，正式将修建沂州考院一事提上日程，并再次拿出自己一年的俸禄作为倡导。结果"七属绅士，争输如云"，他们敬佩李希贤，称赞他有魄力。

当时的兰山县令王坨对此事亲力亲为，广纳空地，并于城西颜家巷购入废宅扩充，建成了沂州府中的科举棚院。后来，考院所在之处被命名为考棚街，这就是临沂考棚街的由来。

沂州府考院建成之后，诸生因地近不再误考，可"计日而来，如期而去，无复旅邸困顿之忧"，士子"朝发夕至平以康"，府中百姓皆乐道，参加科举的学子日增。走进的是童生，走出的是生员，李希贤感叹："士人皆乐我心喜，历年夙愿今方偿。"

到了乾隆二十四年（1759），知府李希贤再次为府中教育开路——倡导修建了"琅琊书院"。这样，书院与府学、考院相配合，三位一体，成为当时沂州府培育和挑选人才的地方。

1762年春，五十一岁的乾隆皇帝第三次南巡，途经沂州府驻跸，亲自召见李希贤，询问沂州府的情况。李希贤将到任十年之事一一应答，乾隆帝十分满意，褒奖有加，对他予以赏赐。当时，乾隆帝听闻兰陵疏广、疏受散金的故事颇受感动，持笔御书一首《题二疏城》赠与沂州府。李希贤感到无上荣耀，将皇帝御书刻制成碑，后建碑亭于临沂城南关阁子门外。

乾隆南巡一年后，李希贤调离沂州府，升任云南迤西道道员。

李希在沂州为官十年，"修文庙，建考棚，劝垦荒，数大政均堪志以不朽"，且"笃爱士民，直如家人父子，教养之端，无不备举"，是一位廉政爱民、颇有作为的廉吏，为沂州社会稳定、经济发展、文化进步留下了浓墨重彩的一笔。

临沂考棚街至今仍然存在，似乎在传颂着李希贤当年的故事。

9. 清朝皇帝的蒙山情

康熙乾隆游蒙山

蒙山，雄踞齐鲁，东西连绵100多公里，南北平均宽30多公里，主峰高度1156米，为山东第二高峰。蒙山群峦如聚，嵯峨叠嶂，博大浑厚，雄伟壮丽，风景如画。

蒙山之名，很早就见于古代典籍。西周初期，成王封太暤后裔风姓为颛臾国主，主祭蒙山。祭祀名山，是对原始社会奉山为神灵之风的继承和发展。历代帝王祭祀蒙山，推崇蒙山，为蒙山留下了大量的文物和神秘色彩。蒙山之所以受到崇拜，是由其域内文明历史悠久所决定的，也是其地理位置重要和景色迷人所致。历史上，许多名人学士在此隐居或前来游览吟咏，如老莱子、孔子、承宫、蔡邕、李白、杜甫、萧颖士、张养浩、洪升、文彦博等。

在18世纪，蒙山迎来了清朝的两代帝王，这就是康熙皇帝和乾隆皇帝。两位帝王数次来蒙山巡游，且大都驻跸蒙阴县。

《蒙阴县志》记载，"清康熙二十三年（1684）冬十一月，

蒙山鹰窝峰

圣驾东巡，由蒙阴县经过，驻跸（蒙阴县）东关外太学生秦诖家。皇上沿途围猎，问民疾苦，万民得觐天颜，人情喜悦。又凡所经临州县，特旨蠲免二十四年丁徭。蒙人亦沾圣泽。"康熙皇帝巡游蒙山的这一天，天降瑞雪，康熙皇帝遥望巍巍蒙山，风飞雪舞，银装素裹，分外妖娆，特作诗一首——《蒙阴晓雪》。诗中写道：

一片寒云向晓封，雪花应候慰三农。

马蹄踏碎琼瑶路，隔断蒙山顶上峰。

这次巡游之后，康熙皇帝又在康熙二十八年（1689）和三十三年（1694）冬天来蒙山巡游，依然住在秦诖家。一代帝王，三次巡游蒙山，三次屈尊住在庶民家中，这在中国历史上怕也屈指可数。

康熙皇帝三次巡游留下许多传说，人们说他的三次巡游都没有惊动当地官府，更没有浩浩荡荡的随员陪同。他轻装简从，体察民情，沿途同当地翁妪交谈，询问丰歉，还免除了当地民众的丁徭。另传，康熙皇帝主要是来祭祀蒙山的，从时间和地点上来看，这是可信的。因为古代历代帝王祭祀蒙山，分四季进行，春在蒙山之东南，夏在蒙山之西南，秋在蒙山之东北，冬在蒙山之西北。康熙皇帝三次巡游蒙山均在冬季，且驻跸蒙阴县城。蒙阴县城在蒙山主峰偏西北，所以说，以上推测和传说是有一定根据的。康熙皇帝不辞寒苦，三次冬临蒙山，显示了其对蒙山的虔诚，也表现出他雄心治国、祈祷国泰民安和天下升平的决心。

乾隆皇帝名爱新觉罗·弘历，即清高宗，他在位六十年，是仅次于他的祖父康熙皇帝的又一位有作为的帝王。《蒙阴县志》记载，乾隆皇帝巡游蒙山共有三次。

乾隆皇帝第一次巡游蒙山是在乾隆十六年（1751）。志书载："乾隆十六年高宗南巡，正月十三日驻蒙阴桃墟，西至兴龙庄，望蒙山雪色。御制诗一首：崇峦积雪昔年同，圣祖巡踪景仰中。奄有海邦为鲁镇，果然山下出泉蒙。逢年民鲜饥寒色，敦俗户多淳朴风。百岁熙和九州宴，自维奚以继鸿功。"在这首诗里，乾隆皇帝远眺蒙山群峰，想到自己一生推崇的祖父南巡时也来过蒙山，当时也天降瑞雪。置身此地此景，乾隆皇帝踌躇满志，继往开来的治世雄心跃然纸上。他为自己统治的疆域内有蒙山这样的神圣之山而自豪，也为拥有蒙山护佑镇守沿海一带的富庶而喜悦欣慰。但是，从诗中也不难看出乾隆皇帝粉饰太平的溢美之词和沾沾自喜的心态。乾隆皇帝于同年四月十五日南巡回銮，十六日驻跸蒙阴桃花沟，二次巡游蒙山。

乾隆皇帝第三次巡游蒙山是在乾隆二十七年（1762）正月二十九日。这次他在蒙山写下了《蒙山积雪》和《微雪》两首七言绝句，留下了"山灵盖不违尧命"和"毡室茶炉悦可心"的诗句。

10. 乾隆赋诗五贤祠

临沂五贤祠名称的由来

在临沂市兰山区王羲之故居的东南角，有一座五贤祠，该

临沂五贤祠

祠原名景贤祠，旧址在临沂老城南关外，是明朝嘉靖年间时任沂州知府的何格建造的。清乾隆十六年（1751），由时任沂州知府王垲主持，景贤祠移址洗砚池东重建，并更名为"五贤祠"。清末多次修葺，1921年又修复一次。

五贤祠内建筑简单朴素，只有正北一座大殿，约六七间屋大小，东窗上刻有"孝感天地"，西窗上刻有"忠冠古今"，前出廊有抱柱两根，殿门系四扇屏风门。大殿当中，靠北墙正中有高台一座，台上正中是诸葛亮的塑像，两边的配像左侧是王祥、王览，右侧是颜真卿、颜杲卿。正门由朱红大门和大门楼组成，东西有两角门。院子的当中，对着大殿，有六角亭一座，内竖一石碑，门额题"御碑亭"三字，"御碑亭"中石碑上刻着清代乾隆皇帝题写的七言诗。

《临沂县志》记载，明朝嘉靖年间，沂州南关大户罗氏因为仰慕先贤诸葛亮和王祥两人，慷慨捐献其屋舍建祠，祭祀诸葛亮、王祥，始称忠孝祠。嘉靖三十年（1551），沂州府知州何格敬仰沂州当地的深厚历史，有感于罗氏的义举，为教化后人，修缮了祠堂，并改祠名为景贤祠，增添王览、颜真卿、颜杲卿，祭祀诸葛亮、王祥、王览、颜真卿、颜杲卿五人。

清朝乾隆十六年（1751），乾隆皇帝第一次下江南，来到山东。当时的山东巡抚准泰奏请乾隆帝为新修缮竣工的沂州府景贤祠亲赐御笔，乾隆欣然准奏，赐七言诗一首：

孝能竭力王祥览，忠以捐躯颜杲真。

所遇由来殊出处，端推诸葛是全人。

短短二十八个字的七绝诗，包含五位贤人的名字和主要生平事迹，堪称天下一绝。准泰将此诗发交沂州府，在祠内勒石建碑。当年，由沂州府下辖兰山县知县王垲主持，将该祠移建于洗砚池东，更名为五贤祠。

　　五贤祠建成后，成为教化当地百姓的圣地，引得无数文人学士来此凭吊。清拔贡狄建鳌撰书："由汉而晋而唐前后五百年诞降三朝名喆；曰忠与孝与节辉煌廿八字褒题一邑英贤。"清秀才王宝枢撰书："瞻拜御碑亭，虽然大汉大晋大唐鼎祚久迁移，犹幸滋补葺檐楹妥已往五贤灵爽；参观国史传，不是全忠全孝全节纲常相砥砺，怎博得馨香俎豆许后来三族趋跄。"清举人王棨森撰书："合忠贞孝悌节义为一祠，维系纲常，愿三族云礽各衍箕裘绳祖武；历汉晋唐宋元明而千古，芬芳史传，独五贤风范统承纶綍焕宸章。"

　　由于战争和历史的原因，五贤祠几经摧毁和重建。2003年，临沂市政府对王羲之故居进行大规模修建，五贤祠的恢复也列入该工程规划之中。新建的五贤祠依然保持其往日的格局。

　　五贤祠的主体建筑为硬山式大殿三间，大殿前是御碑亭，亭内有乾隆皇帝御赐题诗碑。为便于瞻仰，新刻乾隆诗碑较之原残碑放大许多，碑高6.6米，重30余吨。

　　临沂五贤祠，现在已成为临沂市缅怀先贤、弘扬民族精神的重要场所。

11. 祊河逸事

乾隆撰写《渡祊河》

临沂有一条名河——祊（bēng）河，是沂河的一个重要支流，是哺育临沂人民的重要河流，但它名字的读法却难倒过很多人。

祊河发源于平邑县白彦镇的大筐崮（今名太皇崮），因流经祊邑（今费县东南）而得名。"祊"的本义是祭祀的场所。在这条河流经的区域发生过很多有名的故事，其中乾隆皇帝为祊河赋诗便是其中最常被人们提起的一个。

乾隆二十二年（1757），乾隆皇帝带领文武大臣巡游江南路过费县。随行的皇太后、皇后看到蒙山顶上白雪皑皑，松柏叠翠，景色优美，都掀起轿帝四处观望。乾隆一行人马爬山过坎，越沟过河，边走边歇。走到祊河已时至中午，抬轿、牵马的随行人员都已经累得气喘吁吁，大汗淋漓。乾隆皇帝传旨停轿休息，坐在轿中的皇太后、皇后也都出来欣赏外面的景色。

刚一出轿，皇太后就看到祊河水面上有热气冒出，十分惊奇，便向乾隆皇帝询问道："皇帝，时值冬季，河面为何不结冰，反而有热气冒出？"乾隆皇帝学识渊博，而且在这次出游之前，他已翻阅过记载沿途所要经过区域的历史文化和风景名胜的典籍，对这条河的特点还是比较了解的。乾隆随即答道："母后，此河有温泉水汇入，故有此状。"太后点了点头，又问："皇帝，这河叫什么名字？"乾隆一惊，这可难住了他。他虽然在典籍里了解过这条河的名字叫祊河，但是这名字中的

"祊"与"崩"（从周代开始帝王死称"崩"）字同音，如果直接说出来，害怕扫了太后的雅兴。

乾隆皇帝忽然看到身边的宠臣和珅，急中生智，便说："和爱卿，你知道这条河叫什么名字吗？"和珅一听，立刻两腿发软，头上冒汗，跪倒在地，连声说："恕小臣无知，这条河太小了，臣不大在意，故不知它叫什么名字。还是问问沂州知府李希贤吧，他在此当了五年知府了。"和珅十分机灵，他跟随皇帝出来游玩，就住在祊河皇桥东边的驿站里，怎么会不知这条河的名字呢？只是怕犯"忌"，不敢说罢了。

乾隆皇帝一脸的不高兴，只得传唤沂州知府李希贤，问道："李爱卿，你知道这条河叫什么河吗？"李希贤一听，吓出了一身冷汗。他对这条河太熟悉了，他刚当知府不久就闹水灾，他还带领百姓治理过这条河呢。但是，李希贤听说过，乾隆十六年皇帝第一次南巡时，德州有个"桑园镇"，因"桑"与"丧"同音，便下谕改为"柘园镇"。他要是说费县这条河叫"祊河"，怕是会招来杀头之祸；如果说个白字吧，又怕皇帝说自己无知。

李希贤犹豫片刻，便跪倒在地，连连叩头道："皇上，臣该死！恕小臣粗心，这条河在费县境内，绕临沂城北流入沂河，我平日很少出城，故不知这河叫什么名字，还是问问费县杨知县吧。"乾隆皇帝虽然心中不悦，但也欣赏他的乖巧，只得顺水推舟，连声传唤费县知县。

费县时任知县名叫杨烛，进士出身，是个饱学之士，天文地理无所不晓。听到皇帝唤他，就一溜小跑，来到皇帝跟前，双膝跪倒，口称万岁。乾隆皇帝问："杨爱卿，起身吧。你知道这条河叫什么河吗？"杨知县一听，吓得脸都变了颜色，心想：李知府这个老滑头，把这个难题推给了我，我推给谁呢？又想，是福不是祸，是祸躲不过，蒙混一时再做打算，便说："知道。""叫什么名字？"乾隆皇帝问道。杨知县赶紧回话："左边一个示字，右边加一个方字。当地人读'方'，四四方方的'方'，叫方河。"

乾隆皇帝听了，愣了一愣，又继续问："这条河为什么叫方河？"杨知县抬起头来，看到皇帝脸上露出喜色，便放开胆，大声说："禀皇上，这条河发源于平邑大筐崮，从西往东流经梁邱、许家崖，再经费城东南转到东北与浚河汇流，顺流而下，绕沂州府北侧注入沂河，因流经费县古'防城'而得名。"

乾隆皇帝听了，点了点头。费县历史上确实有防城和祊城两个地名，只是位置不同。乾隆皇帝非常赞赏杨烛的聪明机智、沉着老练，也不点破，遂将错就错地对太后说："禀母后，此河叫方河，四四方方的'方'。"并将该河的发源、流经地方和名称的来历都说了一遍，太后听了很高兴。

乾隆皇帝认为李知府很聪明，杨知县会办事，于是诗兴大发，命随行人员呈上文房四宝，就按"方"的韵脚，写下了《渡祊河》一诗：

郑宛归鲁泰山祊，因以名河出大筐。

清浚合流波益浩，万松如在水中央。

从诗句中可以看出，乾隆皇帝故意将错就错，将祊河的名称来历、发源、流向及地理位置等进行了描写。祊河源出大筐崮，向东南流与浚河汇合以后，河面宽阔，水势浩荡，万松山三面环水，犹如在水中央一样。

众人见皇帝亲自为祊河题诗，个个拍手叫好。乾隆皇帝在这里稍事休息之后，又继续启程了。后来每次去江南巡视，乾隆皇帝总要在这里作短暂停留。他赋诗祊河的故事，后被载入费县县志，并在民间广为流传。

12. 许瀚过沂州府

大师保护沂州石刻

许瀚，字印林，清代沂州府日照县人，著名的书法家、金石学家、朴学家。他幼承家学，后师从高邮王念孙、王引之父子以及何凌汉、姚文田、汤金钊等人，常与龚自珍、魏源、何绍基、张穆、俞正燮、王筠、陈介祺等学者交游。许瀚在文字学、音韵学、训诂学、金石学、校勘学和目录版本学上都有很深的造诣。

龚自珍、魏源和近代学者傅斯年对许瀚评价颇高。龚自珍在《己亥杂诗·别许印林孝廉瀚》一诗中说："北方学者君第一，江左所闻君毕闻。土厚水深词气重，烦君他日定吾文。"傅斯年认为许瀚是最早的金文大师，曾说："此君地位，与孙仲容伯仲之间，乃最早之金文大师。"

道光十五年（1835），许瀚中举人，曾任滕县训导、济宁渔山书院山长、沂州琅琊书院山长。

许瀚于嘉庆年间参加沂州府岁考时，即留意金石碑刻，他在《攀古小庐杂著》中记载，沂郡治西普照寺大雄宝殿东山墙石基隙罅中，隐隐有字画。字画之说，疑为汉画像石或古碑刻。

道光十七年（1837），许瀚过沂州府，访得《北齐长盛等造桥残碑》，喜极欲狂，请求知府熊遇泰、琅琊书院山长丁守存，或移学宫，或移右军祠，断碑残刻得到保护。

道光十八年（1838），许瀚再过沂州，访得《诸葛子恒等平陈造像碑》。同时，又发现了《北齐刘道景等造像碑》和《天统五年孙昕等造像碑》二碑。《诸葛子恒等平陈造像碑》出土于道光七年(1827)，很多人听说后都来拓摩。当时许瀚还在京城，在友人那里得到了《诸葛子恒等平陈造像碑》的拓本，十分欣喜。道光十八年，许瀚经过沂州时，便专程来看这块石碑。许瀚看到这块碑被放置在西普照寺僧舍，经常被摩挲，感到十分可惜。于是，他建议当地书院的主讲将此碑移至书院保存。道光二十四年（1844），许瀚主讲琅琊书院时，发现在这块碑石的后面也有文字留存，遂将其拓下保存。

许瀚于道光二十四年正月赴琅琊书院任山长，上任后，他便开始在沂州寻访碑帖。十月，许瀚与友人在沂州府北门外的北桥南码头发现了隋朝的一块残碑，他将残碑命名为《甲子残碑》。他在《沂州石刻跋》中又将此碑定名为《沂州北门外甲子比丘僧邑义残碑》。随后，他在沂郡城北门外第一桥东偏护城河堤上又发现了《主父氏造像残石》。这两块碑的发现，更加激发了许瀚寻访碑刻的动力。不久后，许瀚与友人密得轩、赵子真在沂郡治西北关帝庙大门外石阶西侧的一口水井旁发现了《李宝等造像残石》，当时已被当地人用作打水的踏脚石。许瀚发现后，命人将这块石碑移至右军祠收藏。这块碑石上的字画十分古朴，有北魏的风格，但因岁月的侵蚀，仅有"八日亲（'亲'即'辛'）"三字还比较清楚，所以许瀚在《沂州石刻跋》中将此石定名为《跋魏八日亲残石》。

道光二十五年（1845），许瀚继续他的金石之旅。四月二十四日，许瀚又将古楼巷井口齐碑、普照寺基前石碑、北大寺北园画像三石，移至右军祠内保存。据《隋刻邑义残石》记载："旧在沂郡治西北古北大寺。今关帝庙大门外石阶西偏。惟横露碑侧五行。道光廿四年十月访得之，越岁十月修庙遂掘出之。"这一过程在许瀚日记中有录："十月十五日，赴北大寺看小隋石，已掘出，尚有字数十。十六日，即将残石移置右军祠。"

许瀚在沂州两年，主讲琅琊书院，暇时访碑，足迹遍及沂州，获金石碑拓多种，辑录《沂州石刻题跋》三十种。他将发现后的碑刻移至右军祠，并对其发现的过程进行了记录，使这些珍贵的碑刻得到了保护。

许瀚一生勤于学问，研究考据之学，搜辑金石碑拓不遗余力，终成一代朴学家、金石学家、校勘学家和大书法家，自是当得起"北方学者君第一"的评价。

二

崇德重孝　倡俭尚廉

2015年2月，习近平总书记指出："家庭是社会的基本细胞，是人生的第一所学校。不论时代发生多大变化，不论生活格局发生多大变化，我们都要重视家庭建设，注重家庭、注重家教、注重家风。"临沂传统的家教和家风建设的事实证明，的确如此。

临沂独特的自然地理、人文环境，底蕴深厚的传统文化以及主动与被动的文化交流等因素，使临沂人在传统家庭教育中，除了重视尚贤爱国、立志倡学、读书治学、为人处世、父慈子孝、兄友弟恭、忠诚孝顺、经世致用、治国理政等以外，特别重视品德、孝义、清廉止欲和勤俭戒奢教育，形成了以修身厚德、重公轻私、清正廉洁、克勤克俭、重学善教、经世致用为主要内容的家风，涵养出了琅琊王氏、琅琊诸葛氏、琅琊颜氏、兰陵萧氏、东海徐氏等全国著名家族和诸葛亮、王羲之、刘洪等见诸正史记载的近七百名历史名人。

（一）家教家风

传统临沂人特别重视家教家风建设，出现了大量作为家教家风文字载体的家训、家学。如颜之推撰写的号称"天下家训之祖"的《颜氏家训》、影响深远的诸葛亮的《诫子书》《又诫子书》《诫外生书》和"王氏青箱学"等。同时，临沂历史上发生过许多动人且极具教育意义的家教家风故事。

1. 卞氏教人节俭

卞皇后管好身边人

卞氏是琅琊郡开阳县（今临沂市兰山区）人，是开阳敬侯卞远的女儿。她嫁给东郡太守曹操之后，生下了魏文帝曹丕、任城威王曹彰、陈思王曹植、萧怀王曹熊。中平六年（189），东汉王朝发生了翻天覆地的变化，大将军何进死于非命，凉

州军阀董卓进入洛阳，废少帝刘辩，改立刘协为帝。董卓觉得曹操是个人才，便封他为骁骑校尉，想要重用他。曹操拒绝赴任，带着几个亲信逃出了洛阳城。曹操出逃不久，袁术就带来了曹操死在外面的消息，一时间弄得曹府一片混乱，尤其是早先投靠他的部下更是觉得没了奔头，都想离开洛阳回老家去。卞氏见多识广，而且极有主见，在全家上下惶恐不安没有主心骨的时候，三十岁的她挺身而出，料理内外事务。当听说丈夫的部属因为流言而要离去时，她非常着急，不顾内外之别，掩藏着自己对丈夫吉凶难测的不安，亲自走出来对将要散去的部属进行劝说："曹君的生死，不能光凭几句传言来确定。假如流言是别人编造出来的假话，你们今天因此辞归乡里，明天曹君平安返回，诸位还有什么面目见主人？为避未知之祸便轻率放弃一生名节声誉，值得吗？"众人佩服她，都愿意听从她的安排。曹操后来听说了这件事，也非常赞赏。

建安初年，丁夫人被废后，卞氏成为曹操的正室。卞氏一如既往地辅助丈夫，教养儿女，善待姬妾。曹操儿女众多，姬妾中如刘夫人那样早逝者也不少，很多年幼的孩子都因此失去生母的照顾。他对续弦妻子的贤能豁达非常赞赏，将这些孩子托付给卞夫人，让她代行养育之责，卞夫人对这些孩子都尽心尽意地抚养教育。儿子曹丕称帝后，卞夫人成为皇太后。魏明帝曹叡继位后，卞夫人成为太皇太后。太和四年（230），卞夫人去世，时年七十岁，谥号为宣，陪葬于高陵，史称"武宣皇后"。

《魏书》记载，卞皇后生性简约勤俭，不崇尚华丽，没有纹绣的衣服和珠宝玉器的首饰，用具都是黑漆漆成的。曹操经常获得很多名贵之物，让卞皇后亲自选择，卞皇后却选择中等的，曹操询问卞皇后缘故，卞皇后回答说："选取上等之物的是贪婪，选择下等之物的是虚伪，所以选择中等之物。"在她以身作则示范下，曹魏后宫朴素节俭蔚然成风。

卞氏对娘家族人严格约束，每次接见外戚，都不给他们好脸色，常常说："你们住处应当节俭，不应当期望赏赐，多反思自己的过失。外戚们可能会责怪我太薄情，我自有我的常规。我事奉武皇帝四五十年，厉行节俭很久了，不可能自动变为奢侈，有触犯法律的，我且要他罪加一等，不要期望赏赐钱米恩赐物品。"

2. 鹿乳奉亲

郯子孝亲不畏难

郯子是少昊的后裔，郯国（今郯城县一带）人，春秋时期郯国君主。他治国讲道德、施仁义，恩威有加，百姓心悦诚服，使郯地文化发达，民风淳厚。郯子一些治国理政的典章制度都被继承保留了下来，对后世的影响十分深远。

郯子年轻时为人至孝。父母因年老，又皆患眼疾，想喝一点鹿乳。于是郯子穿上鹿皮做的衣服，到深山混入鹿群之中，想取鹿乳以供双亲饮用。恰巧当时有一个猎人在打猎，他以为郯子是鹿，正要开弓射杀的时候，郯子站了起来，告以实情，感动了猎人。

鹿乳奉亲

　　鹿乳奉亲的故事表现了孝子郯子为满足父母的要求而不怕
艰难险阻的精神。

3. 曾子杀猪

诚信为上

　　曾子 (前 505—前 435)，姒氏，曾氏，名参，字子舆，被
后世尊称为"宗圣"，鲁国南武城（今平邑县）人。孔子的弟
子，春秋末年思想家，儒家学派的主要代表人物之一。

　　曾子注重诚信教育。一天，他的妻子要到集市去买东西，
儿子哭着喊着要一起去。妻子告诉儿子说："你先回去，在家
等着，等我从市场上回来就杀猪给你炖肉吃。"儿子听说不跟

着母亲去集市就有肉吃，也就不闹了。

妻子从集市回来后，曾子就要去杀猪，妻子忙制止说："我只是哄孩子，说着玩罢了，别当真！"曾子说："小孩子不懂事，要靠父母教育他们。今天你骗了他，是教他学会骗别人。母亲欺骗孩子，孩子就不会相信母亲了，这样是教育不好孩子的。"说完，曾子就去把猪杀了。

虽然曾子之妻只是想跟孩子开玩笑，但曾子仍兑现杀猪的诺言，在教育孩子诚实守信、言出必行方面做出了很好的示范，体现了以诚信为本的优良品质。

4. 芦衣顺母

闵子骞饥寒为家和

闵子骞，姓闵名损，字子骞。原籍卫国，后迁鲁国，其故居在今临沂市兰山区汪沟镇闵家寨。闵子骞出身贫寒，很小就从事体力劳动，经常随父亲驾车外出谋生，过着十分清苦的生活。后来拜师孔子，成为孔子仁、德理想的忠实推崇者，在孔门四科中，以"德行"著称，以孝道传世。

闵子骞年幼丧母，父娶后母，生二子。冬天，后母以棉絮做袄给两个亲生儿子穿，以芦花做袄给闵子骞穿。有一次，父亲叫闵子骞驾车，闵子骞因身上冷双手战栗，握不住车把。父亲用鞭子抽打他，结果他的衣服被打破，露出了芦花。

父亲非常生气，回家后，把后母生的儿子叫来，握住他的手，手是温暖的，穿的衣服很厚。父亲就对妻子说："我娶你的原因，是为了我的儿子，现在你欺骗我，让我的儿子受冻，你走吧，不要再留在我家！"父亲要休掉闵子骞的后母，闵子骞阻止说："母在一子寒，母去三子单。"意思是不休掉后母，只有闵子骞一个人受寒，如果休掉了后母，三个儿子就都会受寒。于是，父亲打消了休妻的念头，后母也很后悔自己的做法，痛改前非，这样就保持了家庭的稳定和谐。孔子知道这件事后说："闵子骞真是孝顺呀！"

闵子骞的孝主要表现为，即使父母有错误，也要以爱心待之，使之悔过，这是难能可贵的。

后人为纪念闵子骞，从春秋时期开始，就在汪沟镇闵家寨村建立了闵子堂。唐开元八年（720），以闵子从祀孔子庙。

芦衣顺母

宋祥符六年（1013），宋真宗封闵子骞为费国公。清康熙年间，皇帝赐以"德性之科"匾额，遣江南道学政、内阁学士张廷枢颁悬闵子祠以示崇敬，又命闵子裔孙世袭五经博士。至今，闵子祠遗址仍在，是临沂市第四批市级文物保护单位。

5. 戏彩娱亲

老莱子逗父母开心

老莱子，春秋时期楚国隐士。为了躲避战乱，他到蒙山之阳安家，耕读相伴，自食其力。

老莱子隐居蒙山时，一个书生向老莱子请教《周易》，得到老莱子指点后入道门，与墨为友，所以自称玄墨道人。楚惠王也曾驾车前往蒙山，想迎接老莱子到郢都出任官职，辅助国政。老莱子说："我是山野之人，不能从政。"谢绝了楚惠王的邀请。

老莱子非常孝顺，对父母体贴入微，千方百计讨父母欢心。为了让父母过得快乐，老莱子特地养了几只美丽善叫的鸟儿让父母玩耍。他自己也经常引逗鸟儿，让鸟儿发出动听的叫声。父亲听了很高兴，总是笑着说："这鸟叫声真好听！"老莱子见父母脸上有笑容，心里非常高兴。他虽已年过七十，但在父母面前，一直像一个小孩。他经常装出活泼可爱的样子，来逗双亲开心。例如，他穿着五色彩衣，学婴儿的姿态，手持拨浪鼓，在父母面前又蹦又跳，尽情戏耍；也曾故意跌倒，躺在地上，学婴儿啼哭，逗乐双亲。

《史记·老子韩非列传》记载，老莱子是与老子同时代的人，早年从事著述和讲学，著书十五篇。老莱子尊崇道家学说，主张戒除骄矜，淡泊名利，忘却好恶，顺乎自然，认为"事君"贵柔，方"终以不弊"；人之生死都是与自然合一的。他奉父母到蒙山，应在战国末年，即在楚国进占淮北、占领徐州、进军泗上之后，沂蒙地区曾在短时间内成为楚国领土。老莱子的孝道，与沂蒙地区原有的孝文化相结合，使"孝"的观念更加深入人心。

6. 卧冰求鲤

"孝"的典范王祥

王祥（184—268）是琅琊临沂（今临沂市兰山区）人，三国曹魏及西晋时大臣。

卧冰求鲤

王祥在东汉末隐居二十年，在曹魏，先后任县令、大司农、司空、太尉等职，封爵睢陵侯。西晋建立后，拜太保，进封睢陵公。

《晋书·王祥传》记载，王祥幼年丧母，继母朱氏为人不善，对王祥不好，多次在王祥父亲面前说他的坏话，所以父亲也不喜欢他，常让王祥打扫牛圈。但王祥没有怨言，且更加恭谨。父母有病时，王祥日夜伺候，不脱衣睡觉，汤药必自己先尝。继母有病，想吃活鱼。时值寒冬，河水皆冻，王祥就到河上，"冰忽自解"，获取鲤鱼，回家供继母食用。这便是中国二十四孝之"卧冰求鲤"的故事。

后来继母又多次加害王祥，多亏继母所生的王览加以保护，才使王祥免受其害。王览与兄长王祥感情要好，生母朱氏憎恨王祥，非但在丈夫面前中伤王祥，更经常施以虐待，但王览始终站在王祥一边，更劝生母不要虐待和针对王祥。当王览知道朱氏有意毒杀王祥的时候，不顾可能误服毒药的危险去抢毒酒，还先行试菜。由此看来，王祥是"孝"的典范，王览是"悌"的楷模。

后人为纪念王祥，称王祥的故里为孝友村，称他卧冰求鲤的河为孝河，又称孝感河，在河畔建立了孝友祠。《临沂县志》记载，孝河发源于茶山南麓之桃花岭，东南经孝友村，至诸葛村入于沂河。因"卧冰求鲤"而衍生的"孝河凝冰"是著名的"沂州八景"之一。

孝河位于今临沂市兰山区白沙埠镇境内，盛产孝河藕。孝河藕肥、细、脆、嫩，内腔十孔，节短肥大，表皮润滑有光泽，脆甜适口，细嫩无渣，富含多种营养成分，生食或熟食皆宜，是山东省临沂市特产、全国地理标志产品。

7. 羊祜诫子

恭为德首，慎为行基

羊祜，泰山南城（今平邑县）人，西晋时期杰出的战略家、政治家、文学家，曹魏时期上党太守羊衜的儿子，汉末才女蔡文姬的外甥。

羊祜出身名门，从他起上溯九世，羊氏各代皆有人出仕二千石以上的官职，并且都以清廉有德著称。他博学能文，善于谈论，早年在曹魏政权任中书郎、给事黄门侍郎等职，持身正直，避免直接卷入政治斗争中。晋咸宁三年（277），司马炎下诏以泰山郡的南武阳、牟、南城、梁父、平阳五县合并为南城郡，进封羊祜为南城郡侯，设置国相，与郡公同级，羊祜坚决不接受。

羊祜为人清廉俭朴，衣服和被子都用素布，所得俸禄多用来周济族人、赏赐给战士，家无余财。女婿曾劝羊祜说："购置些田产家业，也好卸官后有个归宿，后事有所依托，这样不是很好吗？"羊祜当时没有答话，事后告诉后辈说："这种说法是知其一不知其二。作为人臣，经营私业就违背公事，这是很糊涂的做法，你们应记住我这些话。"

羊祜无子，他的兄长羊发去世后，他代行父辈责任，对自己的侄儿们进行训诫。羊祜主张做人做事恭敬、谦逊、有礼、谨慎、静思。他在《诫子书》中说："恭为德首，慎为行基。愿汝等言则忠信，行则笃敬。无口许人以财，无传不经之谈，无听毁誉之语。闻人之过，耳可得受，口不得宣，思而后动。"

意思是，恭敬为德首，谨慎是行动的基础。说话务必忠实诚信，行为务必笃厚恭敬。不可口里答应给人财物却失信于人，不可传播荒谬无据的话，不要听信议论是非长短的言语。听到别人的过失，耳朵可以听，嘴里不可以讲，任何事情都要想清楚再做。

后来，羊发的儿子羊篇奉诏成为羊祜的嗣子。羊篇牢记羊祜的教诲，担任任何官职时都清廉恭谨。例如，他出任青州刺史时，自己养的牛在官舍中产下一只牛犊，等羊篇升职离任时，将牛犊留在了青州。这就是"羊篇留犊"清廉佳话的由来。

8.《颜氏家训》

古今家训之祖

《颜氏家训》是琅琊颜氏家族历代家训的集大成者。东晋时，琅琊临沂人颜含居官二十多年，以清廉不贪著称，生前遗命子孙，逝后素棺薄殓。他给颜氏家族立下了"靖侯成规"，以"勿贪"教诫子孙："汝家书生门户，世无富贵，自今仕宦不可过二千石，婚姻勿贪势家。"颜之推继承并进一步阐发了"靖侯成规"，写成了被称为"古今家训之祖"的《颜氏家训》。

《颜氏家训》共有七卷，二十篇。分别是序致第一、教子第二、兄弟第三、后娶第四、治家第五、风操第六、慕贤第七、勉学第八、文章第九、名实第十、涉务第十一、省事第十二、止足第十三、诫兵第十四、养心第十五、归心第十六、书证第十七、音辞第十八、杂艺第十九、终制第二十。

《颜氏家训》内容丰富，涉及的问题很多，但主要是关于如何教导子女成才这一根本性的问题。一是反对放纵与过度溺爱子女，主张以严教子；二是主张及早教育和终生教育；三是提倡求真务实之道，反对虚夸浮躁之风；四是认为百艺可学，一技可以立身；五是强调环境对子女教育的重要性，认为教育必须创设良好的环境，特别强调良好家风在育人方面的重要性；六是注重人生态度的培养，希望子女们认真读书，积极有为而又知足少欲。

《颜氏家训》被誉为"古今家训之祖"，影响深远，无论体制、规模还是思想、文采，后世的"家诫""家训"都难以超越。南宋陈振孙作《直斋书录解题》，称《颜氏家训》为"家

《颜氏家训》元刻本

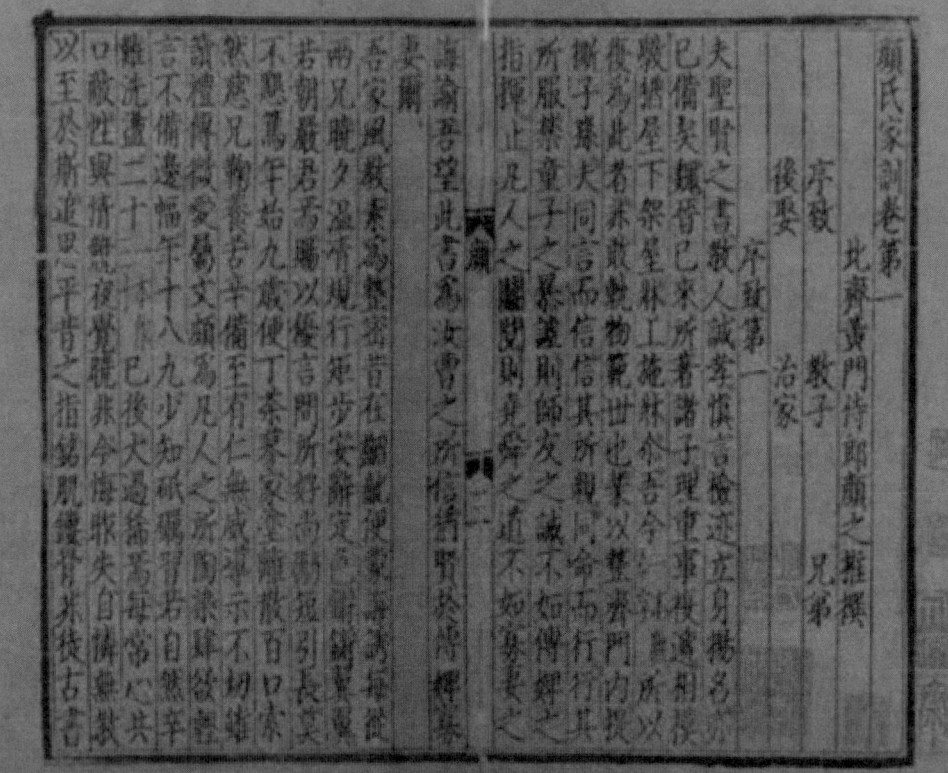

训之祖"。王钺《读书蕞残》称："北齐黄门颜之推《家训》二十篇，篇篇药石，言言龟鉴，凡为人子弟者，当家置一册，奉为明训，不独颜氏。"南宋人晁公武《郡斋读书志》称："《颜氏家训》述立身治家之法，辨正时俗之谬，以训世人。"范文澜先生指出："《颜氏家训》的佳处在于立论平实。平而不流于凡庸，在南方浮华北方粗野的气氛中，《颜氏家训》保持平实的作风，自成一家言，所以被看作处世的良轨，广泛地流传在士人群中。"

9. 王氏青箱学

家学经典，典制财富

"王氏青箱学"，其名最早见于《宋书·王准之传》："（王准之）曾祖彪之，尚书令。祖临之，父讷之，并御史中丞。彪之博闻多识，练悉朝仪，自是家世相传，并谙江左旧事，缄之青箱，世人谓之王氏青箱学。"可见，"王氏青箱学"是琅琊王氏家族中历代当官者因研究典章制度，以更好地服务于族中子弟当官入仕而形成的家学。其中的"青箱"一词，应是指书箱或杂物箱，亦即用来盛放物品的箱子。既然"王氏青箱学"是关于典章制度和历朝施政故事的王氏家传学问，因此实际上也是为族中子弟当官服务的学问。当时琅琊王氏精通此学者，并不仅限于王准之父祖几人，而是包括琅琊王氏家族的许多人。如与王彪之同时的王珣，人称"是近世识古今者"（《宋书·蔡廓传》），可知他是一位在政治上博古通今的人。稍后的王朔之造《通历》，王韶之撰郊庙歌辞，也对历法和礼仪制度有所研究。另外与王准之同时的王弘，"博练治体，造次必存礼法，后人依仿，谓为王太保家法"（《宋书·王弘传》）；王僧绰"练悉朝典，究识流品"（《宋书·王僧绰传》）；王僧虔"上表请正音乐"（《南齐书·王僧虔传》）。齐代的王俭，"朝仪旧典，晋宋来施行故事，撰次谙忆，无遗漏者。所以当朝理事，断决如流"（《南齐书·王俭传》）。王逡之"精礼学，博闻，参定齐国仪礼。从弟珪之，有史学，撰《齐职仪》"（《南齐书·王逡之传》）。梁代，王莹曾奉诏"参定律令"（《梁书·武帝纪》中）。陈朝，王冲"习于法令。诏参撰律令"（《陈书·王冲传》）。北魏，王肃"明练旧事，虚心受委，朝仪国典，咸自肃出"（《北史·王肃传》）。北周，王褒"雅识治体，颇参朝仪，凡大诏册，皆令褒具草"（《周书·王褒传》）。以上这些人，无不有家学渊源，所精通的学问，也大都属于典章制度或朝政礼仪，因此也在一定程度上可视为"王氏青箱学"的组成部分。

"王氏青箱学"作为琅琊王氏的家传官学，其目的是为做官服务，子弟在精通后用之于仕途，也都收到显著效果。纵观其家族历史上那些著名政治家和谋臣，无不以精通家传官学著称于世。可见，"王氏青箱学"与政治有着紧密的内在联系。

"王氏青箱学"有两个作用不容忽视：其一是帮助了族人在官场中的竞争，并诞生了一批博古通今的政治家；其二是推出了《仪注》《晋宋杂记》《古今丧服集记》《齐职仪》《礼杂答问》等官学著作，这些著作无疑也是人类的宝贵文化遗产。

10. 郑母戒子忠勤清公

郑善果传承优良家风

隋朝沂州（今临沂市）刺史郑善果的母亲崔氏，二十岁时就成了寡妇。她品性贤淑聪慧，博览史书典籍，精通治家治国的道理。郑善果十四岁任沂州刺史处理政事时，其母崔氏常坐在屏风后面听。如果郑善果处置恰当，崔氏就会高兴；处置不恰当，崔氏就不高兴，甚至大怒、哭泣、不吃饭。她对郑善果说："我不是生你的气，是为你家感到惭愧。你去世的父亲忠诚勤劳，为官清正，从未听说过有私心，最后以身殉国。希望你继承父亲的忠臣事业，传承家族的好风尚，否则的话，我死后哪有脸面去见你父亲呢！"在崔氏的教导下，郑善果严格要求自己。隋炀帝时，因为他"居官俭约，莅政严明"，政绩考评为天下第一。

（二）清廉典范

临沂人在家教中重视清正廉洁教育，形成了以崇德、崇俭、崇廉、爱民为主要内容的临沂廉洁文化，涌现出了悬鱼太守羊续、"以清白遗子孙"的徐勉、"清操为天下第一"的何远、传承"清、慎、勤"家风的王璟、有"彭青天"之誉的彭占祺和公廉父子王慎、王雅量等名留青史的清廉典范。

1. 羊续

悬鱼太守

羊续，东汉泰山郡南城（今平邑县）人，曾任南阳太守、太常卿等职，是中国历史上著名的廉吏。他憎恶当时官僚权贵的贪污腐败、奢侈铺张，为人廉洁、生活朴素，平时穿着破旧衣服，盖的是有补丁的被子，乘坐的是简陋的马车，餐具是粗糙的瓦器，吃的是粗茶淡饭。他虽然历任庐江、南阳两郡太守多年，但从不请托受贿，以权谋私。

羊续悬鱼

羊续在南阳郡太守任上，廉洁自守，赴任后数年未回家乡探亲。一次，羊续的夫人领着儿子从老家千里迢迢到南阳郡看望他，不料被他拒之门外。原来，羊续身边只有几件布衾、短衣以及数斛麦，根本无法招待妻儿，遂不得不劝说夫人和儿子返回故里，自食其力。

羊续任南阳太守时，府丞焦俭是他的下级，为人也很正派，与羊续关系很好。焦俭看到自己的上级生活太清苦了，又听说羊续喜欢吃鱼，就买了一条鱼送给羊续。焦俭怕羊续拒收，就笑着说："大人到南阳时间不长，可能不知这就是此地有名的'三月望饷鲤鱼'，所以我特意买一条送给您。平时您把我当作兄弟，所以这条鱼只是小弟对兄长的一点敬意。您知道的，我绝非阿谀逢迎之辈，因此，务请笑纳！"羊续见焦俭这么说，觉得不收下倒是见外了，于是笑着说："既然如此，恭敬不如从命。"等焦俭走后，羊续便把这条鱼悬挂在室外，再也不去碰它。第二年三月，焦俭又买了一条鲤鱼，心想一年送一条总可以吧，因为他知道买多了，羊续不会要。到羊续府上，焦俭刚说明来意，羊续便指着那条干枯了的"三月望饷鲤鱼"说："你去年送的还在这里呢！"焦俭愣住了，摇摇头叹口气，带着活鱼走了。

此事传开后，南阳郡百姓无不称赞，敬称羊续为"悬鱼太守"，从此再也无人敢给他们送礼了，送礼请托的歪风邪气在南阳也有所好转。后人也曾以"羊续悬枯（指死鱼）""挂府丞鱼"等典故传诵这个故事。

徐勉

2. 徐勉

"以清白遗子孙"

徐勉，南朝梁东海郡郯县（今郯城县）人，南朝梁宰相、文学家。徐勉小的时候孤单贫穷，但他笃志好学，节操清廉。梁朝建立后，他官至中书侍郎，后又担任尚书左丞，升太子詹事，辅佐太子萧统。后任吏部尚书，负责官员铨选，历任侍中、右仆射、中书令，联合周舍治理朝政，号称贤相。后因患足疾，申请退休。

徐勉做了吏部尚书，掌握了官吏的任免大权之后，许多人前来拜访求官。有一个叫虞暠的人，仗着和徐勉的关系较好，在一天晚上，开口便求"詹事五官"。徐勉严肃地对他说："今晚只可谈风月，不宜谈及公事。"当时的人都佩服徐勉公正无私，有人称徐勉为"风月尚书"。

徐勉虽然做了高官，但不经营产业，家无积蓄，所得俸禄分给亲族中的贫穷人家。对此，门生故旧疑惑不解，问他为什么这样做，徐勉回答说："别人把财产留给子孙后代，而我留清白给子孙。子孙如果有能力，他们自己也可以获得财富；子孙如果无能，即使继承了财产，它们也终究会成为别人的东西。"又说，"留给子孙满箱黄金，不如传给他们一部经书。详细探求这些话，确实不是虚妄之词。我虽然不聪敏，但实有这样的志向，希望能够遵循、奉行古人这个教诲，从不敢堕落失误。希望你能够理解和体察我的志向，那我也就没有什么遗憾和失望的了。"

因此，徐勉在《诫子书》中说："吾家世清廉，故常居贫素，至于产业之事，所未尝言，非直不经营而已。""人遗子孙以财，我遗之以清白。"

后世为缅怀和继承徐勉的高风亮节，定郡望堂号为"风月堂"，在郯城建有风月亭。

3. 何远

"清操为天下第一"

何远，南朝齐梁时东海郯县人，曾任武昌太守、宣城太守等职。他生活极为俭朴，有时用自己的俸禄代贫民交纳租赋。他对人从不低声下气，也不向上级长官送礼。在处理政务时，打击豪强富户，扶助贫弱百姓，受到当地百姓的爱戴。何远在很多郡做过官，始终不改变心志，妻子儿女挨饿受冻如同下层贫穷百姓。

何远任武昌太守时，士大夫的风气日趋颓败。而何远在任上，勤于吏职，清正廉洁，不给别人送礼，别人给他的馈送也毫无所受。他是北方人，喝不惯南方的温水，故常常拿钱去买民间井水饮用。当时江南还不曾有卖水的风俗，市民多不取钱，但何远不愿因此而扰民，就不去取水了。他任宣城太守后，为官清正，削除苛政，爱民恤贫，发展生产，政绩卓著，史书称他清廉公正实在是"天下第一"。

4. 张雄飞

家贫不动赐银

张雄飞，琅琊临沂人，元代著名政治家。他为官一生，正直廉洁，节操始终不改。

张雄飞不管是在朝廷，还是在地方，皆实心任事，不避权贵，不怕罢官。他生活俭朴，日常布衣蔬食，淡泊自如，妻子老小常常不得温饱。

张雄飞在中书省任官时，元世祖在偏殿中召见他，对张雄飞说："像你这样，才真正可以称得上廉洁呀。我听说你非常清贫，现在特别赏赐给你白银两千五百两，钱钞两千五百贯。"

张雄飞跪拜谢恩，将要退出时，世祖又诏命加赐黄金五十两及金质酒器。

　　张雄飞接受赏赐后，做好标记，封藏在家中。后来，阿合马的同党由于张雄飞被罢职，就到中书省请求收缴原来皇帝所赏赐的物品。太子真金听说后，命令参知政事温迪罕诏令丞相安童说："皇上原先赏赐张雄飞，是为了表彰他的廉洁，难道你不知道吗？不要被小人所欺骗。"塔即古阿散奏请检查核实前中书省官员的财政情况，再次起用阿合马的同党，他们最后竟假传诏书，追缴皇帝赏赐的财物。塔即古阿散等不久因罪被诛杀，元世祖考虑到清查核实可能不当，下令近臣伯颜复查。中书省左丞相耶律老哥劝张雄飞到伯颜那里为自己辩白，张雄飞说："皇上由于老臣廉洁，所以赏赐我，然而我却未曾敢轻易动用赏赐的财物，而是封存后做好标记以防不测，已经预料到要发生今天的变故，又有什么可以为自己辩护的呢！"

5. 王璟

"清、慎、勤"的楷模

　　王璟，字廷采，号东皋，明正统十二年（1447）正月二十生于临沂市莒南县大白常村。他一生历经英宗正统、代宗景泰、英宗天顺、宪宗成化、孝宗弘治、武宗正德、世宗嘉靖七个年代，辅佐过宪宗、孝宗、武宗和世宗四代皇帝，官至都察院左都御史。王璟为官五十载，勤政为民，政绩卓著，特别是清廉气节被后人称颂，《明史》给予其很高的评价。1952年，王璟墓搬迁时，

王璟画像

墓穴里除了他自用的二十八颗玉石印章和夫人刘氏随身佩戴的两个耳坠、一对手镯、一个铜质发罩外，竟然没有一件贵重的殉葬品，甚至连棺材也是普通木料制成，一代高官竟如此清贫！

王璟在成化八年（1472）考中进士，任登封知县。任职期间，他采取许多利民措施，"以清节闻"。成化十五年（1479），他离开登封赴南道御史时，百姓"候送于道者，数里不绝"。

弘治年间，权奸从中作祟，大发不义之财，盐法屡遭破坏，闹得"商屯撤业，菽粟翔贵，边储日虚"。在明朝，盐业部门是一个至关重要的工业部门，素有"盐法边计，相辅而行"的说法。弘治十四年（1501），王璟被提拔为右佥都御史，负责整顿全国最大的两淮地区的盐业政务。他"通变革奸"，严惩不法盐贩，革除旧弊；"优恤灶户"，采取有利灶户生产的措施，不久"私贩屏迹"，使这一时期的盐业生产得以恢复和发展，增加了国库收入。

正德初年，武宗皇帝朱厚照即位，阉宦把持朝政，加紧对劳动人民的掠夺。太监夏绶以庆祝新皇帝登基为由，请求在真定府等地增加芦苇场地的税收；少监付琢请求按土地亩数收税，并重新丈量、核查静海县、永清县、隆平县等地的田地；太监张俊要求对宁晋小河里来往的客船和货船收取税费；太监刘瑾"奏置皇庄"，于京城附近圈地建立皇庄，由弘治年间的五处渐增至三百余处，最快时竟"一个月增加七处"。

对于这种残酷的剥削和压榨，庄佃稍有反抗，就会被加以残酷迫害。当时，武宗为建皇庄派人去直隶南宫等地占田，致使民怨沸腾，当地百姓纷纷反对，不久便"畿内大乱"。宦官把持的朝廷疯狂地进行武力镇压，派京城卫兵逮捕了以鲁堂为首的二百多农民，闹得"畿南骚动"，眼看就要激起民变，引发社会大乱。

面对宦官倒行逆施，朝廷大臣大都敢怒不敢言。为了挽救危局，当时作为巡抚御史的王璟挺身而出，冒着生命危险"抗疏切谏"，多次上书直言，提出把皇庄土地交"有司代管，召人耕种，亩征银三分解部，输内府进用，管庄内监悉召还，庶地方得免侵渔之害"的建议，得到户部尚书韩文等人的大力支持。明武宗朱厚照害怕此举激起大规模百姓反抗，只好采纳王璟的建议，使一度趋于紧张的矛盾得到缓和。

当时，刘瑾和谷大用等权奸结成死党，时称"八虎"。他们结党营私，捕风捉影，频兴大狱，疯狂地迫害耿介正直的官吏，还经常派遣特务四处抓人，一时闹得朝廷乌烟瘴气，"道路惶惧"。他们"口衔天宪，威福在手，天下士大夫靡然从风"，官员争相贿赂献媚，更有甚者，有"高浤劾父以媚瑾"。面对这种官场腐败的现实，王璟"独守故操"，仍然大胆直言进谏，不屈不挠地与他们针锋相对地斗争。"正德中，佞幸锦衣卫指挥朱宁窃权，上大夫争趋其门，公独不往，人皆危言撼公，公毫不为动"，表现出一个正直的朝廷大臣应有的大无畏气节。王璟作为监察御史"以言为责"，且"方正不阿，弹劾不避权贵"，清操独持，不入浊流，因此深为刘瑾等人所忌恨。正德三年（1508），王璟因得罪刘瑾、谷大用一伙，因事"坐累"，被"矫诏罢官"。

正德六年（1511），刘瑾罪行败露受诛后，王璟被重新起用，担任山西巡抚。他积极整顿部队的同时，大力改进武器，制造了火枪一万多支，每支枪里装着六支箭，箭头上都抹着毒药，射程较常箭远得多，杀伤力很大。用这种枪来抵御贼寇，贼寇便不敢靠近，有力地保证了边疆的安宁。

嘉靖十二年（1533），王璟病故，享年八十七岁。嘉靖皇帝十分悲痛，追封王璟为"少保"，谥号为"恭靖"，赐"御祭九坛"，并委派特使前来沂州督葬，可见对王璟的重视。嘉靖十三年（1534），王璟被葬于临沂城东南三里姜园御封林内。同时，在大白常村南设御封林，建衣冠冢。

王璟不仅自己为官清廉，对子孙也同样要求严格。嘉靖元年（1522），王璟告老还乡时，他的长孙王宗贤已官至奉议大夫。为了教育王宗贤继承家风，王璟亲笔写了"清、慎、勤"三字诫勉孙子，并要王宗贤带在身边作为座右铭，做一个清廉、谨慎、勤勉的人。

王宗贤谨记祖父给他的"清、慎、勤"三字，并取字"效先"，决心一生恪守祖训，无愧祖父的教诲。

6. 彭占祺廉明自律

以"彭青天"留名史册

彭占祺，明朝费县（今平邑县）人，明正德九年（1514）进士，曾任浙江永嘉县知县、湖广道监察御史、浙江按察司佥事。为官清正廉洁，刚正不阿，时人称他为"彭青天"。

彭占祺任永嘉知县时，拒绝镇守太监索要财物，生活节俭，家无余资。《永嘉县志》称他"自具饔飧如寒士，幼子啼索果，折丝瓜去皮啖之"。彭占祺三年任期届满，升监察御史，赴任时行李萧条。彭占祺任御史"独能守正"，由于不肯同流合污而被谤致仕。

受彭占祺的影响，他的家人亦能拒贿守操。彭占祺任监察御史时，有犯罪者带着财物去彭占祺老家费县，贿赂其弟彭占禄，以求免罪。彭占禄对其谕以法度，并斥之而去。

彭占祺因其"彭青天"之名而留名史册。

7. 公廉父子

王慎戒子公廉，王雅量成"慈母"清官

王慎，明朝费县人，曾在淄川任儒学训导，后来升任安徽天长县教谕，是王雅量的父亲。王慎非常重视儿子王雅量的学业，他在升官后途经家乡费县，见儿子王雅量仕进未成，就没有去上任。

明万历三十二年（1604），王雅量考中进士，万历三十三

年（1605）任山西阳城县令。上任前，王慎结合自己在学界和官场上的实践，教子为官之道，特别叮嘱王雅量说："廉生公，公生明，明生断。"母亲姚氏教导王雅量，到阳城后，要像母亲疼爱自己的婴儿一样疼爱阳城的百姓。《明敕封太孺人王母姚氏附葬墓志铭》记载了王雅量的母亲姚氏的这段话："世岂有学养子而后嫁者。能以母之保子者保百姓，又何待学？"前一句话，出自曾子的《大学》，意思是说，从来没有人先学习如何养孩子，然后再出嫁的。后一句话的意思是说，能以母亲保护子女的心去保护百姓，就能当好官，又怎么需要学呢？

王雅量跪受父母之教，到阳城后广施惠政，公正断案，民无冤情；约束属下，严禁吏员鱼肉百姓；铲除虎害，蠲免徭役；除暴安良，救济穷人。王雅量特别注意培养人才，公务之余，教授学生，造就贤士，先后有五名学生考中进士，使当地文教兴起。学生张慎言官至南明史部尚书，张雨苍官至大中丞。当时泽州太守对王雅量的考评是："仁明闾左归心，廉威豪右敛迹。"赞扬王雅量"廉威"并具。明熹宗赞誉王雅量："御得其人则法度肃天下治，御不得其人则法度废而天下不治。"《阳城县志》卷七《职官传》记载："王雅量，擢御史，道出阳城，邑人士无幼贵贱，皆争迎道左，如见慈母。"王雅量做到了"能以母之保子者保百姓"，百姓则待他如慈母，足见他深受百姓欢迎，是一位贤良方正、爱国爱民的"慈母"清官。

因政绩卓著，王雅量入京考受广西道、四川道监察御史，后升任山东巡抚、陕西巡抚。

三

经世致用　革帮鼎新

临沂地灵人杰，且深受儒家思想影响，强调经世致用，古代临沂人大多积极投身政治、军事活动，建功立业。其中的杰出代表，如诸葛亮、王导、左宝贵等名臣被载入史册，他们的故事在民间广泛流传。此外，古代临沂有丰厚的文化底蕴，很多人在不同文化领域做出了杰出贡献，如孟喜推出了全新的易经六十四卦排序，打破了自周文王之后千年未变的传统；刘洪设计的珠算盘，堪称世界上最古老的计算机；王羲之在中国书法史上达到了最高峰，被尊为书圣……这些临沂的文化名人，为中华文明的繁荣发展做出了突出贡献。

（一）青史名臣

临沂历史上名门望族众多，以琅琊诸葛氏和琅琊王氏为代表的政治、文化大族中，涌现出众多名臣。诸葛亮、诸葛瑾、诸葛诞分别在魏、蜀、吴三国做出不同贡献，时称"蜀得其龙，吴得其虎，魏得其狗。"王导、王敦辅佐司马睿建立东晋政权，开创了"王与马，共天下"的政治格局。此外，萧望之不肯折腰事权贵，诸葛丰、于定国在司法领域忠于职守，秉公执法。明清时期，出身中下层的孙镗、左宝贵等人为抗御倭寇舍生忘死，青史留名。

1. 间何阔，逢诸葛

诸葛丰执法严明

西汉元帝时期，京城长安流传一句话："间何阔，逢诸葛。"意思是，为什么隔了这么长的时间未能见面呢？因为遇到了诸葛丰查案，只要犯有过失，都会被他绳之以法，因此权贵们为避其锋芒，长时间不敢相互来往。

诸葛丰，字少季，西汉琅琊阳都（今沂南县）人，是诸葛亮的先祖。诸葛丰通晓儒家经术，以特立独行、刚正不阿知名。他任司隶校尉（监察京师和周边地方的官员）期间，监察检举官员不避显贵，执法严明，使得豪强违法行为大为收敛，京城社会秩序明显好转。

侍中许章凭借外戚的身份获得汉元帝宠信，生活奢侈淫逸，不守法度，其家人、门客也多横行无忌，欺压良善。有一次，许章的门客犯罪，也牵连到他。诸葛丰按照法律程序调查许章，正准备上表弹劾，恰好在路上遇到许章，他立即手执符节（皇帝所赐的表明司隶校尉身份和权力的凭证，可以不经请示皇帝就处理案件），命人逮捕许章。许章一看形势不妙，连忙驾车逃入皇宫，向汉元帝求情，并恶人先告状，诬告诸葛丰凌辱朝廷大臣。由于许章的挑拨，汉元帝不但不支持诸葛丰，还收缴了他的符节。

诸葛丰对汉元帝不辨是非偏袒许章愤愤不平，他上了一封措辞激烈的奏章，指责当时的官吏结党营私，败坏社会风气，致使忠臣寒心，志士闭口不说话。他希望能够在有生之年，斩奸臣之头，将其罪行布告天下，使天下人都知道犯法作恶终究要受到惩罚。并表示，如果真能这样，他自己死了也甘心。但是，汉元帝根本不听诸葛丰的忠言，还逐渐疏远他。以前被诸葛丰打击过的权贵们找到了扳倒他的机会，多人上书控告、诋毁诸葛丰，糊涂的汉元帝将诸葛丰降为城门校尉。失去监察权的诸葛丰不改疾恶如仇的本色，依然直言敢谏，最终触怒汉元帝，被贬为庶人，不久去世。

2. 萧望之

不肯折腰事权贵的御史大夫

萧望之（约前110—前47），字长倩，东海郡兰陵（今临沂市兰陵县）人，后迁徙到杜陵（今陕西省西安市东南）。萧望之爱好学问，师从经学家后苍近十年，研究《齐诗》。后到太常门下学习，师从博士白奇，还跟随夏侯胜学习《论语》《仪礼·丧服》，颇得京师诸儒称赞。

萧望之不愿随波逐流，经常受当时权贵的排挤，仕途并非一帆风顺。在大将军霍光执政时，需要接见的官吏百姓，都要脱衣搜身，去除兵器，由两个小吏挟持着。萧望之不肯听从，他从小门退出说："不愿谒见。"霍光听说后，告诉官吏不要挟持他。萧望之见到霍光，对他说："将军以功德辅佐幼主，将以教化天下，达到太平，天下之士都会争着来辅佐您。现在来见您的士人都被挟持，恐怕不是周公辅佐成王时那样一沐三握发、一饭三吐哺接待天下之士的礼节，又怎能吸引更多人才呢？"霍光居功自傲，听不得这种意见，没有重用萧望之，打发他去看守东门。而才能不及萧望之的王仲翁则官至光禄大夫给事中，他对萧望之说："不肯顺从，现在成了看门的。"萧望之说："各从其志。"短短四字掷地有声，表达了萧望之不肯折腰事权贵的精神。

霍光去世后，他的亲属仍居朝廷要职，横行跋扈。地节三年（前67）夏天，京师下了冰雹，萧望之为此向汉宣帝上书，解释天灾异象："《春秋》记载，鲁昭公三年大降冰雹，当时季氏专权，最终鲁昭公被流放。假如鲁昭公察觉了天灾的征兆，应该没有这场灾祸。现在陛下勤于政事，寻求贤能，然而祥瑞之兆还未出现，阴阳不和，这是大臣执政，一姓专权所致。树枝过大会伤害树干，大臣的权势过重就会危及朝廷。只有圣明的君主亲政，举贤任能，考察百官，才能及时处理各种事情，树立公正之道，堵塞奸邪之途，废除私家的权力。"此后，宣帝任命萧望之做了谒者，经常把陈述利国利民策略的奏疏交给萧望之，咨询利弊。萧望之提出了中肯的建议，获得宣帝赏识，一年之内连升三级，做到二千石的官员。之后，霍氏因谋反被诛杀，萧望之更受重用，公元前59年，晋升为御史大夫。

后来，宦官弘恭、仆射石显诬告萧望之与周堪、刘更生结党营私，不忠于君主，建议"由谒者召致廷尉"。汉元帝不懂得"谒者召致廷尉"就是下狱，当即准奏。待到元帝明白了事情真相，下诏说，萧望之辅佐我八年，没有什么罪过，把他们三人都罢官为民。

弘恭、石显又利用萧望之之子萧伋上书为父申辩事，诬告萧望之不悔过服罪，教子上书，诿过于天子，并请将其下狱，元帝诏准。石显派执金吾车骑围萧望之府邸，萧望之不愿入狱受辱，服毒自杀。

萧望之是当时的名儒，作风正派，政治上有一定见解。史称其"身为儒宗，有辅佐之能，近古社稷臣"。

3. 于定国

判案公允的西汉丞相

临沂市郯城县东外环路旁，有一个五六米高的坟冢，墓前有两座石碑，这就是东海孝妇冢，"东海孝妇"就是关汉卿所作《窦娥冤》的原型。

《汉书·于定国传》记载，西汉昭帝时期，东海郡有一孝妇，年轻守寡，没有子女，她尽心尽力照顾婆母十多年，婆母不愿拖累她，劝她改嫁，孝妇不肯，坚持要侍候婆母一辈子。婆母心疼儿媳，上吊自杀，以为自己死了儿媳就能改嫁。但是，婆母已经出嫁的女儿却把孝妇告到县衙，说她谋杀了婆母。孝妇被逮捕，在严刑逼供下屈打成招。此案上报郡府，负责审核的于公提出疑点：孝妇已赡养婆母十余年，以孝顺闻名乡里，断无谋杀婆母的动机。但郡守不听，执意判孝妇死刑，于公据理力争不得，愤而辞官。孝妇被杀后，郡中大旱三年，人心惶惶。新郡守到任，于公重提此案，认为大旱的根源就是孝妇冤死。新郡守为孝妇平反，并亲自到孝妇坟前祭祀，当天大雨倾盆而下，旱灾解除。

于公执法谨慎，处理案件时尽量做到公正无偏差，他的儿子于定国自幼学习法律，也承袭了他公正执法的理念。

于定国（？—前40），字曼倩，东海郡郯县人，西汉时期官员。他从县狱吏起步，能够妥善处理各种案件，后来不断升迁，汉宣帝时相继任廷尉、御史大夫、丞相，封西平侯，其中，在廷尉一职上社会影响最大。

廷尉是九卿之一，全国最高司法官员，负责修订律法、汇总全国的断案数、审理大臣的犯罪行为、审核裁定郡县上报的疑难案件。当时，汉武帝以来任用酷吏、法网严密的积弊非常严重，法律条文烦琐，专职的司法官吏都无法熟悉所有律条，乃至判案时引用不同律条，同罪而异罚。有些奸猾官吏钻法律漏洞，借机索贿，以致冤案频出，百姓怨声载道。于定国任廷尉后，主持修订法律，删除部分繁杂甚至有歧义的法律条文，混乱的刑律有了较大改变。

于定国起自基层，经手的案件多不胜数，他深知，一旦执法者出现偏私，造成的社会影响是不可低估的，孝妇案就是典型的例子。他主张宽仁公平，对仅有怀疑而无确实证据者，一般从轻处理，尽量避免冤假错案。在处理各种疑难案件时，完全按有关法律公正处理，量刑得当，被处罚者无论是高官显贵，还是平民百姓，不管是判轻还是判重，都没有怨言。时人盛赞"于定国为廷尉，民自以不冤"。

于定国任廷尉共十八年，时间之长，在两汉时期绝无仅有，他决狱审慎、执法公正，为昭宣中兴做出了突出贡献。

4. 诸葛亮

蜀汉之龙

诸葛亮（181—234），字孔明，琅琊阳都（今沂南县砖埠镇）人，是三国时期的政治家、军事家、文学家和发明家。

诸葛亮生逢乱世，父母早亡，少年时，随叔父诸葛玄南下

避乱。一路上，诸葛亮目睹了军阀混战、百姓流离失所的残酷现实。这段经历使他树立了重建统一政权，还百姓安定生活的崇高志向，因此才会以历史上功勋卓著的政治家、军事家为人生榜样，"每自比于管仲、乐毅"。

青年时期，诸葛亮隐居隆中十年，广泛涉猎诸子百家之学，尤其关注儒家、法家、兵家关于治国、治军的典籍，也接触了天文、地理、阴阳五行、机械等领域，为他日后上知天文下知地理、设计八阵图、改进连弩、制造木牛流马打下了基础。同时，诸葛亮也广泛结交当地名士，注意观察和分析天下大事，逐渐有了"卧龙"之誉。

建安十二年(207)，刘备三顾茅庐，诸葛亮提出了著名的"隆中对"，三分天下，为刘备规划了以后的政治、军事和外交蓝图。此后，诸葛亮成为刘备的重要谋士，促成孙刘联盟，赤壁之战击败曹操，辅佐刘备占据四川，建立蜀汉政权。刘备临终托孤给诸葛亮，他说："你的才干超过曹丕十倍，一定能完成统一大业。若太子可以辅佐，你就辅佐他治国；如果他不成才，你可以取而代之。"诸葛亮回答："臣一定尽全力做好辅佐大臣，忠诚为国，死而后已！"诸葛亮说到做到，执掌蜀汉大权十二年间，尽忠职守，对内选贤任能、执法严谨、发展生产、平定南中，对外维系孙吴联盟，五次北伐曹魏，竭力实现"兴复汉室"的远大目标。终因积劳成疾，病逝于五丈原，终年五十四岁。

诸葛亮一生效忠蜀汉，从不为自己谋取私利，身为一国丞相，自己的家产仅有"桑八百株，薄田十五顷"。他临终遗命薄葬，坟墓仅能放下棺材，不需陪葬器物，殓以时服，这种廉洁精神令人敬佩。

诸葛亮和他的哥哥诸葛瑾、族弟诸葛诞在蜀、吴、魏三国都做出了较大贡献，所以《世说新语·品藻》载："诸葛瑾弟亮及从弟诞，并有盛名，各在一国。于时以为蜀得其龙，吴得其虎，魏得其狗。"意思是说诸葛瑾和他的弟弟诸葛亮以及诸葛诞，各在一国，都有很大的名声。在当时，人们认为蜀国得到了龙，吴国得到了虎，魏国得到了狗，以龙、虎、狗比喻诸葛亮、诸葛瑾、诸葛诞三兄弟。也就是说，在魏晋之间，人们对诸葛亮、诸葛瑾、诸葛诞兄弟的评价，已形成了比较一致的看法，以"龙""虎"分别比喻诸葛亮、诸葛瑾兄弟，自然是一种褒扬和赞誉，而以"狗"比喻诸葛诞，也是一种褒奖，只是就诸葛氏兄弟三人对时局的影响及其事功的大小来说，诸葛诞相对较小罢了。

如今，在沂南的阳都故城，可以找到许多与诸葛亮相关的历史遗迹和纪念建筑，如诸葛亮故里纪念馆、诸葛亮城、诸葛亮公园等，让人们缅怀这位千古名相。

5. 诸葛瑾

孙吴之虎

诸葛瑾（174—241），字子瑜，是诸葛亮的兄长，孙吴大将军，封宛陵侯。

汉末军阀混战，琅琊人多南迁避乱，诸葛瑾的叔父诸葛玄率领族人南下，先投奔淮南袁术，后转投荆州刘表。为避免全族受一个军阀控制，诸葛氏家族开始拆分，未成年的诸葛亮随叔父去了荆州，已经成年的诸葛瑾到了江东。

在江东，诸葛瑾广泛结交同样流亡江东的北方士人，并以博学多才、胸怀宽广和温厚诚信为人称道。逐渐积累声望后，他被孙权的姐夫弘咨推荐入仕，初为长史，后转任中司马。

诸葛瑾为人谨慎，公私分明，在对蜀汉关系方面尤为突出。蜀、吴两国既是盟友，又因争夺荆州针锋相对。因他与蜀汉丞相诸葛亮的兄弟关系，被孙权委以入蜀通好的重任。在成都期间，他与阔别多年的弟弟诸葛亮只在公开场合会面，从不私下相见。后来，刘备为夺回荆州大举伐吴，诸葛瑾从中斡旋，写信劝刘备撤军。有人趁机诬告诸葛瑾与蜀国勾结，一时间谣言四起。因诸葛瑾一向谨慎，孙权公开为之辟谣，声称诸葛瑾绝不会背叛自己："子瑜之不负孤，犹孤之不负子瑜也。"

孙权称帝后，封诸葛瑾为大将军。在名将如云的三国时代，诸葛瑾并没有出色的战绩，他最为人称道的是为官之道。诸葛瑾曾长期担任孙权的军政参谋，深知孙权个性刚硬，难以直言劝谏，因此，他有不同意见，多通过旁敲侧击、譬喻暗示的方法讽谏，从不言辞激烈，只稍微表露出自己的意图，点到为止。诸葛瑾善于察言观色，揣摩孙权的心理，与其意见不统一时，他并不是针锋相对，而是放弃正在谈论的内容，转向其他话题，再逐渐引回原题，达到自己的目的。这种委婉的劝谏方式，颇得孙权赏识，以致后来孙权经常一遇到诸葛瑾，就主动放弃自己原本的意见。因此，往往别人穷尽口舌也无法达成目的，诸葛瑾只用几句简单的话语，就能解决棘手的问题。

诸葛瑾虽不及弟弟诸葛亮出名，也没有多少战功，但他为政稳健，以德望见重于世，不仅深得孙权信任，还与北方士族鲁肃、张昭等人关系亲近，与江东士族代表陆逊也有良好合作，是孙吴政坛上的不倒翁。

6. 诸葛诞

曹魏之狗

三国时期的琅琊诸葛氏家族令人称奇，诸葛亮为蜀汉丞相，位高权重；诸葛瑾是孙吴大将军，军界最高统帅；诸葛诞在曹魏任征东大将军。时人称："蜀得其龙，吴得其虎，魏得其狗。"

这里的"狗"并非贬称，典故来自刘邦以比喻的方式评价手下功臣：打猎时，猎人指示野兽方向，猎狗前去追咬。楚汉战争中，萧何居功甚伟，可谓"功人"，其他诸将则是奉命追捕的"功狗"。诸葛诞得"功狗"之号，显然也是有功的战将。

诸葛诞（？—258），字公休，是诸葛亮族弟，他没有南迁，后入仕曹魏。224年，时任尚书郎的诸葛诞陪同尚书仆射杜畿在陶河测试刚造好的船，突遭大风，船被吹翻，两人同时落水，手下军士下水营救，先遇诸葛诞，他不顾自身安危，命他们先救杜畿，自己溺水昏迷，漂到岸边才捡回一条命。诸葛诞先人后己的无私精神令人感动，而他任吏部郎时的敬业精神更为人称赞。吏部郎负责官员选拔，当时，许多人到他这里走后门，争相推荐自己的亲朋好友。诸葛诞坚持秉公处理，公布所选官员名单时，将推荐者与其举荐之辞附在后面，一起公之于众。此后，再有举荐官员的，都小心谨慎，唯恐所荐非才，招致公众非议。后来，诸葛诞被提升为御史中丞，监察百官。齐王曹芳时期，他被任命为扬州刺史，从此长期在地方任职。

249年，司马懿发动高平陵政变，自此司马氏掌控曹魏大权。司马昭上台后，加快了篡夺曹魏政权的步伐。尽管诸葛诞的长女嫁给了司马懿的儿子司马伷，但他忠于曹魏，对司马氏的篡权之举非常不满。当时，诸葛诞已经成为坐镇淮南的征东大将军，他散尽府库物资招附流亡，吸引民心，暗中培养亲卫死士，为维系曹魏政权做最后的努力。257年，诸葛诞在寿春反抗司马昭，结果被司马昭调集二十六万军队重重包围。次年2月，寿春城破，诸葛诞被杀，他的数百名亲卫被俘，列队斩首，每斩一人便招降下一人，几百人逐一问过，都宁死不投降："为诸葛公死，不恨。"可见诸葛诞善于治军，士兵忠诚效命。

诸葛诞坚持道义，秉持臣节，为维系曹魏政权与司马昭直接对抗，算得上是一位英雄。

7. 王导

江左管夷吾

江左，也称"江东"，指长江下游南岸地区，也指东晋统治的全部地区。管夷吾就是春秋时期辅佐齐桓公建立霸业的贤相管仲（字夷吾）。显然，称王导为"江左管夷吾"，是对他的肯定。

王导（276—339），字茂弘，出身名门望族琅琊王氏。青年时期，王导遭逢西晋外戚、诸侯王争夺最高权力的"八王之乱"，他谨慎观察时局，最后选择了素来交好的琅琊王司马睿，成为其主要谋臣。

"八王之乱"中，匈奴、鲜卑等少数民族趁乱入华，相继建立自己的政权，中国北方烽烟四起。311年和316年，匈奴人相继攻破洛阳、长安，晋怀帝和晋愍帝被俘，西晋灭亡。当时，江南虽然也被战乱波及，但大体还能保持稳定，王导为司马睿分析天下大势，劝说他离开中原向江南发展。永嘉元年（307），王导辅佐司马睿渡江南下，开启了东晋王朝的建设之路。此后，大批北方官民陆续南下避乱，史称"永嘉南渡"或"衣冠南下"。

过江之初，江南政权草创，司马睿处境艰难。外有胡族侵扰，不时威胁江南；而司马睿仅能控制长江下游的部分区域，势力极大的江南世家大族并未真心归附，南北士族之间因政治、经济利益之争，矛盾重重。南渡的北方士族是司马睿的核心支持力量，但他们丧失了故国家园，普遍有失落、伤感的情绪，或纵酒消愁，通宵达旦，或消极应对各项事务，不利于新政权的巩固。

面对纷繁复杂的局势，王导为司马睿制定了联合南北士族、清净为政的基本施政方针，逐一解决各种难题。派祖逖北伐，一度收复黄河流域的大片土地，缓解胡族威胁。命王敦主持军事，扫平分裂势力，使司马睿的统治区域扩展到江南全境。笼络江南士族，千方百计弥合南北士族之间的矛盾，从而获得他们的支持，使司马睿在江南初步站稳脚跟。对南渡士族，除了让他们在新政权中居于核心地位，还尽力排解他们的消极悲观情绪。

南渡士族名士，大部分来自都城洛阳，过去喜欢到洛水边集会消遣，过江后，常到长江边的新亭集会宴饮。一天，这些名士又聚在新亭，环顾周边美景，远眺江北风光。周𫖮喟然长叹："江南和中原的山水风景没有太大的差别，可惜中原被胡人占据，现在只能看到长江，见不到黄河了。"这番话触动了大家的国破家亡之痛，回忆起中原沦丧，山河破碎，他们仓皇南渡，存亡未卜，不由悲从中来，相视流泪。同游新亭的王导也难免伤感，但他是司马睿政权的主心骨，若是自己也以泪洗面，其他人将会更加忧惧，人心惶惶之下，何谈立足江南？想到这里，王导站起来正色道："诸君，现在国难当头，我们应该齐心协力扶助王室，重整旗鼓，早日收复失地，怎么能灰心丧气，只知痛哭流涕呢！"王导言简意赅、铿锵有力的一番话，展现了他非凡的气魄，他在国家民族危难之时以收复故土为己任，让名士们深感惭愧，纷纷擦干眼泪，重新振作起来。

作为出色的政治家，王导是极具感染力的人，在他影响下，南渡士族逐渐摆脱了伤感、颓丧的情绪，全力支持新政权，以王导为核心，内修政事，外抗胡虏，保住了江南半壁江山，推动了中国经济、文化重心向南方转移。

8. 王敦

击鼓扬名

王敦（266—324），字处仲，出身琅琊王氏，东晋大将军。

王敦眉目疏朗，落拓不羁，精通《左氏春秋》，长于清谈，青年时期已经是洛阳贵族圈中的名士之一，各种清谈雅集、豪门宴会都能看到他的身影。有一次，晋武帝举办宫廷宴会，召来当时的朝臣、名士一起谈论音乐歌舞，王敦也在受邀之列。

魏晋时期，具备一定的音乐素养，是名士的基本要求。因此，在这次宴会上，与会者多能契合宴会主题，或谈乐理，或论琴、筝、笛、箫等乐器。王敦出身名门望族，自幼家学熏陶，音律是必学的内容，只是他向往军旅，因此长于军旅之乐，尤其在鼓乐方面造诣颇深。这次宫廷宴会上讨论的音乐歌舞，大多是贵族喜好的绮丽绵软的乐曲，王敦对此了解不多，左右之人把酒畅谈，始终插不上话的王敦脸色十分难看。

当时，王敦入京未久，还保留着家乡口音，与京城流行的官话大不相同，一度被讥笑为乡巴佬。他在宴会上的表现，让别人误以为他不晓音律。大约是想让乡巴佬出丑，有人故意问他会些什么，憋了许久的王敦大声说道："我会打鼓。"晋武帝命人拿鼓给他，王敦立即从座位上站起来，卷起袖子，奋力擂鼓，一时间鼓声雷鸣，似是狂风暴雨席卷大地，又似千军万马奔腾而来。王敦演奏的鼓乐慷慨激昂，虽有杀伐之音，但音节和谐，而且全身心击鼓的王敦英姿勃发，旁若无人。这位未来叱咤风云的大将军初露锋芒,参加宴会的群臣无不受其感染，赞叹他的威武豪爽。

王敦扬长避短,利用自己高超的鼓乐技艺赢得了满堂喝彩，一举扬名。此后的王敦，也是靠自己杰出的军事才干，与堂弟王导一起辅助司马睿建立了东晋政权。王导主政，稳固江南新政权；王敦掌军，扫平了江南的分裂势力。兄弟二人联手，共同开创了"王与马，共天下"的局面。

9. 孙镗

抗倭英雄

临沂市莒南县坪上镇，有个叫大铁牛庙的村子，因一块卧牛形状的黑色陨石而得名。这块陨石重约四吨，是世界上最大的石铁陨石。早在唐朝时期，已经有专门祭祀它的庙宇，后毁于战乱。现在，陨石位于孙镗纪念馆内。

孙镗（1522—1554），明代莒州大铁牛庙村人。年轻时善

莒南铁牛石铁陨石

于骑射，武艺高强，曾在莒州府当过府衙小吏，后解职回乡，到江浙一带经商，获利颇丰。

嘉靖三十三年（1554），孙镗到棉纺织业中心松江府（今上海市吴淞江以南）购买棉布，正值倭寇大举进犯，烧杀抢掠，百姓损失惨重。松江知府匆忙招募丁壮保卫城池，抗御倭寇。因战乱滞留松江的孙镗看到征兵告示后，决心投军抗倭。他面见太守，慷慨激昂地陈述了自己的报国之志，并捐出本用于购买棉布的钱财，以助军饷。知府被孙镗的爱国精神所感动，高度赞扬了他捐资助军的行为，将他推荐给了参政翁大立。

翁大立时为守军将领，一见到孙镗，就将他带到演武场，要试试他的武艺如何。孙镗精于骑马射箭，他惯用的武器是双刀，颇有分量，一般人很难举起，孙镗却能挥动自如，劈砍迅捷，赢得满场喝彩。翁大立见孙镗武艺超群，不禁连声称赞：

"壮士！壮士！"他亲自为孙镗倒酒，勉励他英勇杀敌。

孙镗入伍不久，突然有紧急军情传来：苏松兵备副使任环率军与倭寇作战，因寡不敌众，已被倭寇重重包围。翁大立急令孙镗带领部分士兵前去救援。孙镗驰援前线，杀退倭寇，救出任环，正是这一战使孙镗在当地的名声迅速提升。为能更有力地打击倭寇，孙镗派人回到家乡，散尽家财，在家乡广招青壮从军。他带着这支队伍投身抗倭斗争，连着打了几次胜仗后，倭寇短时间内不敢再到松江一带，松江百姓获得喘息之机，无不将孙镗视为松江府的"长城"。

过了一段时间，一股倭寇突然从松江府的西面杀来，意图进犯松江府。孙镗得到战报后，率部迎敌，苦战整整一天，一直打到箭尽弓断，终因寡不敌众，被迫撤退。当退到石湖桥时，遭到倭寇伏击，孙镗壮烈殉国，年仅三十四岁。敌退之后，人们找到孙镗的遗体，用车送往松江府城。途中，道路旁站满了普通百姓，为这位抗倭英雄送行，许多人泣不成声。

孙镗殉国后，他的英勇事迹被上奏朝廷。嘉靖皇帝褒奖其功，追封他为光禄寺丞，在大铁牛庙村建祠堂祭祀。

10. 左宝贵

"甲午双忠"之首

朝鲜流传着一个"白马将军"的故事：1897年9月15日夜，平壤下着大雨，一位名叫林善华的朝鲜老人，正走在回家的路上。忽然，他听见马的嘶鸣声和兵器撞击的声音，便停下脚步四下寻找，恍然间，他看见一位骑着白马的将军，高举雪亮的军刀，穿过七星门，向北方疾驰而去。林善华后来才想起，那个纵马挥刀的将军，就是他曾经见过的清军大将左宝贵，三年前死于守卫平壤的战役中。林善华把自己所见讲给别人听，"雨夜七星门左将军显圣"的故事便逐渐流传开来，人们口耳相传，说左将军的英灵仍徘徊在昔日的战场上。这个故事虽然颇具神话色彩，但却反映了朝鲜人民对左宝贵的崇敬和怀念。

左宝贵（1837—1894），字冠廷，山东费城（今平邑县地方镇）人。他出身于一个贫苦的回民家庭，十五岁时父母双亡，十九岁投军入伍，被编入清军江南大营。此后十余年，他随军转战大江南北，因军功卓著逐步升职，三十一岁时晋升参将，光绪二十年（1894）升任总兵，被皇帝赏赐黄马褂，获"铿色巴图鲁"（果敢英雄）的称号。

左宝贵作战勇敢、治军有方，与士兵同甘共苦，对受伤或牺牲的部下，常拿出自己的薪水帮助其家属，深得军心。他统帅的部队有较强的战斗力，而且军纪严明，禁止士兵扰民，违者不论身份高低都严惩不贷。左宝贵驻守地方，能体察民情，为百姓办了不少好事，如设学堂资助贫寒子弟入学读书，设牛痘局为当地儿童引种牛痘，设育婴堂收养孤儿和弃婴，设济良所帮助妓女和婢女，设赈灾粥厂、栖流所等收容流民等，深受当地百姓爱戴。他也曾捐白银千两，支持家乡兴办书院。

1894 年，中日甲午战争爆发。左宝贵奉命入清朝藩属国朝鲜作战。他在战前已经洞察到日本的野心，驻军东北时着意搜集日军情报，派人过鸭绿江绘制地图，以备出兵。到平壤后，他提议乘日军调动之机，南下汉城，但被李鸿章否决，丧失了有利战机。此后，更因为谎报战功的叶志超被任命为平壤诸军统帅，致使军心涣散。

叶志超贪生怕死，一心要撤回国内。左宝贵明确指出，一旦撤退，日军必将占领朝鲜全境，并进一步侵略中国本土，到那

临沂人民广场上的左宝贵塑像

时，如何向朝鲜人民交代？如何保家卫国？因此，应不计成败，阻止日军前进。他怒斥叶志超，表达与平壤共存亡、以死报国的决心："若汝辈惜死，可自去，此城为吾冢矣！"在左宝贵的坚持下，叶志超被迫留在平壤，却始终消极防守，致使平壤被日军四面包围。

9月15日，日军发动了对平壤的总攻，其中，一半兵力进攻左宝贵负责防守的北城。尽管左宝贵属下仅有一千五百人，他仍激励将士奋勇作战，多次击退日军。但清军也伤亡惨重，城外堡垒相继陷落，战局进一步恶化，左宝贵知道形势已无可挽回，决心与日军血战到底。此前，他虽身居高位，但每战都身穿士卒衣服，冲锋在前，这一次，他脱下布衣，换上朝服，登上城楼指挥作战，以此表达誓死抗敌的决心，鼓舞部下浴血奋战。在炮手牺牲的情况下，左宝贵亲自开炮击敌，先后身中

两枪仍坚持带伤指挥战斗。在日军密集的炮火下,一颗炮弹在左宝贵身边爆炸,他壮烈殉国,时年五十八岁。因叶志超临阵脱逃,平壤陷落,左宝贵的遗体下落不明,仅有一件血衣和一只朝靴送回国内。

左宝贵是甲午战争中牺牲的第一位高级将领。两天后,邓世昌在黄海海战中殉国。他们的爱国精神和气节被人们称赞,二人被称为"甲午双忠"。

甲午战后,清政府褒奖为国捐躯的左宝贵,加谥号"忠壮",在其家乡建衣冠冢,供后人凭吊和瞻仰。在左宝贵曾长期驻扎的奉天,人们为他建立祠堂,香火不衰。在朝鲜,人们在他战死的地方竖碑纪念,多年后还流传着"左宝贵七星门显圣"的故事,寄托着朝鲜人民的感激与崇敬之情。

(二)文化名人

古代临沂文化繁荣,名人辈出,他们在不同领域做出了卓越贡献。有传说中的仓颉造字、蒙恬制毛笔,也有不同历史阶段的大家学者,如经学大师孟喜、王肃分别开创了孟氏易学和王学,王戎成为魏晋玄学的杰出代表,鲍照、徐陵和公鼐是文坛领袖,刘洪、何承天在科技领域取得了显著成就,王羲之影响了中国书法界一千多年,他们将经学、玄学、文学、算学、天文学、书法推向了高峰。

1. 文字始祖

仓颉造字的传说

仓颉造字是中国流传很广的神话传说，山东、河南、陕西等地都有仓颉庙、仓颉墓等遗迹。在沂蒙大地，最具代表性的是兰陵县的作字沟村，传说是仓颉创作文字的地方，曾建有仓颉庙，目前仅存遗址和五块碑记，记述了明清时期多次重修仓颉庙的往事。现在人们在此地建仓颉作字博物馆，讲述仓颉造字的故事，传播中华文化。

相传仓颉是黄帝的史官，汉字的始创者。较早记述仓颉造字的是久居兰陵的荀子。他说："好书者众矣，而仓颉独传者，壹也。"爱好文字的人很多，但只有仓颉一人留名后世，这是由于他专心研究，完成了文字统一。

中国原始社会末期，在文字没有普遍使用前，人们为了记住相应的信息，一般采用结绳刻木的形式。结绳即用绳索打结记录数字和事件，大的事件打大结，小的事件打小结，数量多则多打结。刻木，即在木片、竹片或骨片上刻画一定符号代指某些事情或数

吴白庄汉墓石雕仓颉

101

量，以此传递信息。黄帝时代，农业文明有了一定程度的发展，粮食、牲畜不断增加，陶器、骨器等日用器皿也不断被加工出来。各氏族、部落之间既有交往、融合，也有因争夺水源、财富和人口而爆发的激烈冲突，如黄帝与炎帝之间的阪泉之战、炎黄二帝与蚩尤之间的涿鹿之战，就是当时影响较大的战争。面对越来越多的记事和记数需求，结绳刻木已经远远不够用了。负责此项工作的仓颉为之绞尽脑汁，采用不同颜色的结绳，在绳结上悬挂不同物品，都不能完整记录日益增加的各种事务。

传说中，仓颉长有四只眼睛，这可能是后人附会，以之赞扬仓颉视觉敏锐，可以更清楚地观察各种事物。他通过观察鸟兽留在地上的爪印足痕，分别画出不同符号代指此类动物，此后又逐步扩大表述范围，从动物扩展到当时社会上的常见事物，如模仿太阳的形状画出"⊙"表示"日"，以月牙的形态表示"月"，以三条波浪线代表"水"……文字由此诞生。从此，记录事件和数字、表达心意，都可以用文字表述，不会因时间长而混淆，也可以将黄帝的命令传播到四方。

中国文字的产生和发展经历了漫长的过程，并非一朝一夕完成的，也不是由一个人完成的。仓颉造字的传说，应该是揭示了在黄帝时代曾进行文字的整理工作，并在一定程度上推广使用，这有利于人们保留、传承历史文化，推动社会进步。

2. 蒙恬

现代毛笔之祖

蒙恬，蒙山（今蒙阴县）人，他不仅是秦朝名将，还是毛笔制造技术的改进者，被后世尊奉为笔祖。

相传，在秦统一之前，蒙恬领兵作战时，需要定期写战报送呈秦王。当时，纸张还没有发明，人们只能在竹木简或绢帛上写字。所用的笔多为竹签，不仅书写速度慢，而且容易在绢帛上留下墨团，难以清理。蒙恬一直在想怎么改造竹签笔，便于书写战报。

战事不紧张的时候，蒙恬喜欢带着亲兵去野外打猎。一日，他们打了几只野兔，亲兵拎着返回军营，其中一只兔子的尾巴拖在地上，留下了弯弯曲曲的血痕。蒙恬看见后，突然来了灵感：平时用竹签写字很不方便，兔子尾巴短小柔软，既然能留下血水痕迹，若用它写字，岂不方便很多？回到军营后，蒙恬马上动手实验，他切下一条兔尾巴，插在竹管上，试着用它来写字。但是实验效果很不好，光滑的兔毛很难吸上墨汁，勉强沾上些墨，又因兔毛过于蓬松，一笔下去会在绢帛上留下多道墨痕。蒙恬试着将兔毛捏紧，结果松手即散，多次实验，依然写不出完整的字。一气之下，蒙恬将兔尾笔丢到了门外的草丛里。

过了几天，蒙恬偶然间发现了草丛里被他扔掉的兔尾笔，经过几天的日晒雨淋，兔毛聚成一团，蒙恬将笔捡起来，带回去继续研究。清洗干净泥沙后，蘸上墨汁写字，不仅书写顺畅，不会留下墨团，字体也圆润、漂亮。蒙恬大为惊奇，仔细研究才发现，原来，兔毛表面有油脂，既难聚拢成团，也吸不进墨汁，但被扔进草丛后，几天之间连续降雨，当地的土壤碱性非常大，溶在雨水之中，分解了兔毛表面的油脂，使兔毛变得柔顺易聚拢，也能更好地吸收水分。

搞清楚了原理，蒙恬便试着将一些动物的毛发浸泡在碱水中，等去掉油脂后，用丝绳缠绕扎紧，修剪整齐，再插入竹管中使用，方便耐用的毛笔就被制造出来了。毛笔先在秦军中传播，又随着秦国的统一通行全国，成为此后两千多年中国人最常用的书写工具。

根据现代的考古发掘，目前可见最早的毛笔出土于曾侯乙墓，这是战国早期的墓葬，比蒙恬的时代要早二百多年。其后的战国中晚期的墓葬，都有保存完整的毛笔出土，说明毛笔使用已经非常普及。因此，蒙恬并不是毛笔的发明者，他可能只是对笔杆、笔毛用料和做法做了一些改良，使毛笔使用起来更舒适、更方便，这大概就是后世制笔匠人奉蒙恬为笔祖的原因。

3. 孟氏易学

兰陵人孟喜的杰作

《易经》起源于伏羲画八卦，后经周文王推演为六十四卦，再到孔子作《易传》，一向被视为群经之首、百家之源。

早期《易经》仅仅是偶然性地选取某些自然、人文现象，并通过卦辞、爻辞对其进行吉凶评价，并没有与社会生活密切联系起来。在《易经》的传承过程中，主要依靠文字解释其中含义，难免出现各种歧义。这一情况延续千余年，直到西汉时期，孟喜开创孟氏易学才得以改善。

孟喜，字长卿，东海兰陵（今兰陵县）人，师从易学大师田王孙，系统学习《易经》。

从春秋战国到西汉，中国社会经历了从分裂到统一、从无为到有为的转变，天文学、数学、医学等自然科学也得到长足发展。但这期间的《易经》传承限于师法和家法，并没有大的变动，古老的《易经》已经不能准确解释纷繁复杂的社会现象，无法适应社会发展。孟喜在学习《易经》的过程中，敏锐地发现了这一问题，他试图寻找突破口，为易学研究探索一条新的发展之路。

当时，董仲舒的天人感应、阴阳灾异学说已被人们广泛接受，孟喜尝试以天人感应为基础，以阴阳灾异理论解释《易经》。他大胆突破师法束缚，将自然科学成果引入易学研究中，首创将易学与历法融为一体的"卦气说"，把六十四卦和年月日时紧密关联起来，以卦象来解释一年节气的变化，改变了自周文王之后千年未变的六十四卦排列顺序，推出了一个全新的卦序，是《易经》研究史上的重大创新。

孟喜将六十四卦的推演规律和天文现象、自然气候变化紧密结合，将天地自然运动变化的规律，还原为卦爻的阴阳变化，建立了全新的"天人感应"模型与理论体系。这一学说沟通天道与人事，很快被人们所接受，西汉后期，孟氏易学被立为官学。

4. 刘洪

天文学家、数学家和珠算改良者

刘洪，字元卓，东汉泰山郡蒙阴（今临沂市蒙阴县）人，中国古代著名天文学家、数学家。

刘洪是东汉宗室，自幼得到良好的教育，他勤奋好学，博览群书，尤其对天文学有着浓厚的兴趣。刘洪入仕后，成为太史令(执掌天文、历法)的属官，长期从事天文观测与研究工作。他著《七曜术》，研究日、月与水金火木土五大行星的运行规律，精确推算"五星会合"的周期，其数值与现代精密天文仪器测算的差值非常小，有的甚至完全相同；他与蔡邕合撰《汉记·律历志》，其中的大部分资料，被《后汉书·律历志》采用；他创制《乾象历》，是中国最早引入月球运动不均匀性的历法，为后世律历编修所借鉴。

中国古代天文学家大多兼通数学，主要是因为星象运行规律需要精密计算。刘洪在数学方面造诣颇深，其计算技巧被誉为"当世无偶"，这一才能在他任上计掾时更为人熟知。"上计"是秦汉时期考核地方官员政绩和统计财政收入的方法，每到年底，县令将该县的户口、田亩、赋税等编成簿，送交郡国，再由郡国汇总上报丞相。完成这一统计工作的就是上计掾，他们要处理的数据极为庞大，运算复杂，而当时的运算工具，是长十几厘米、宽约二厘米的算筹，多用竹、木、金属等材料做成，二百七十根为一束，平时放在布袋中，系在腰间携带，计算时将算筹放在案几或地上，以数量和横竖不同的放置方式表示不同的数字，进行或横或竖的移动，这就叫运筹，"运筹帷幄"一词即是由此而来。但是，用算筹计算占地方大，而且速度慢，容易出错，也不能进行高深的数学计算。刘洪天天面对庞杂的数据，深为运筹所苦，他一直在思考，希望找一种简便易行的计算工具，用来代替既慢又容易出错的算筹。

相传，刘洪回老家探视父母时，顺便去拜访邻居。邻居是一位货郎，每天都需要买卖货物并计算铜钱。刘洪见邻居用大中小三种核桃计数，小核桃一个当一，中等核桃一个当五，大核桃一个当十，计算总数时只需将核桃的数值相加。刘洪深受启发，回家后也用大小核桃模拟计算。他将核桃分成两横排，中间留有空档，上排核桃以一当五，下面四个以一当一，从右边起，第一数列定为个位，第二数列为十位，第三数列为百位……这种计数和计算方法，比摆放算筹简单得多，且既快又准。但核桃多为圆形，容易滚动，影响计数的准确性。刘洪命人做了一个木盘，刻上凹槽，将核桃放在凹槽中，不让核桃随便滚动，后来为了美观，也为了拨动方便，干脆做了些木珠代替核桃。几经摸索之后，刘洪最后设计成了游珠算板，此后历经千余年的发展改进，到元朝时期演化为现代的算盘，并形成了完善的算法和口诀。

可以说，刘洪是珠算的奠基者，也是改进、推广者。由于算盘构造简单、使用方便，珠算在民间逐渐流传开来，人们的计算能力也由此得到较大提升。

5. 王肃

遍注群经的经学大师

王肃（195—256），字子雍，东海郯人，三国时期的经学家。

王肃自幼聪颖好学，少年时期已经遍读典籍，有深厚的今文经学和古文经学基础。十八岁时，王肃拜荆州学派著名学者宋忠为师，学习《太玄经》，这是一部兼采儒、道、阴阳三家思想的典籍，让原本只学习儒家经典的王肃大开眼界。荆州学派倡导独立思考，反对汉代注经的烦琐虚伪，追求简约自然，王肃很快接受了这种学习方式，并对《太玄经》中多处内容提出了自己的新见解。这一阶段的学习，对王肃此后的学术研究产生了重要影响。他认识到，经学研究不能拘泥于旧说，不仅要突破今文经、古文经的藩篱，还可以引入其他学说，融会贯通，重新阐释经典，创立自己的新学说。

在王肃之前，经学大师郑玄已经开始融合今、古文经，他注解《周易》《诗经》《春秋》等儒家典籍，其学说代表了汉代经学的最高成就，被称为"郑学"。王肃童年时，也是先从"郑学"入手学习经学。随着知识的积累和眼界的开阔，以及社会形势的变化，他逐渐注意到郑学中有些内容是错误的，无法跟上时代潮流。王肃写了一百多篇奏疏文章，解决曹魏的典制、宗庙、丧葬礼仪等重要问题。在此过程中，王肃逐渐形成了与郑玄不同的学术思想。他借鉴《太玄经》融合诸家学说的做法，兼采今古文经学的合理部分，并引入道家思想重新阐释儒家的理论，为《尚书》《诗经》《论语》《周礼》《仪礼》

《礼记》《左传》《周易》等儒家经典作注，将自己的学术理论和政治思想表述于注文中。

王肃一生的著述约二十多种，一百九十多卷，他的学说博采众家之长，在学术界影响很大，被称为"王学"。尤为难得的是，王肃善于使用新材料考证经典。《周礼》《诗经》等文献中记载了牺尊、象尊等器物，前代学者以为是在尊上刻画牛和象的图案，王肃根据当时发现的古代遗物进行考证，认为是做成牛和象形状的尊，他的观点与现代考古发现的牺尊、象尊等文物完全一致，足证他经学基础的深厚和考证功底的扎实。

从曹魏后期开始，"王学"就与"郑学"频繁展开争辩。一方面，"郑学"自身的错误颇多，经学家虞翻曾仔细梳理郑玄的五经注疏，发现有一百六十七条严重违背圣人之道。另一方面，"王学"纠正了"郑学"中的部分错误，改变了"郑学"注重词义解释的注经方式，更多地阐述儒家的思想理论，从中总结治国理政的根本方法，为统治阶层提供借鉴。因此，在曹魏后期，"王学"被立为官学。

6. 王戎

位列竹林七贤

南京博物院有一组竹林七贤画像砖，描绘了嵇康、阮籍、山涛、向秀、刘伶、阮咸和王戎的鲜明形象。其中的王戎赤足跷脚，斜身靠着小几，把玩着手中的玉如意，一副悠闲的神色，正是南北朝诗人庾信《对酒歌》中"王戎如意舞"的写照。

《竹林七贤与荣启期》画像砖王戎局部及拓片

　　位列竹林七贤的王戎（234—305），字濬冲，出身于琅琊
王氏，从小就聪明机敏，有神童之誉。

　　王戎七岁时，与一群小伙伴外出游玩，他们看到前面不远
的路边有棵李子树，当时正是李子成熟的季节，这棵树上挂满
了红色的大李子，把树枝都压弯了。孩子们一看到果实累累的
李子树，争先恐后地跑过去摘李子，只有王戎站在原地不动。
小伙伴们喊他过去："王戎，你为什么不摘李子？"王戎回答
说："不用摘了，这李子是苦的！"这话谁都不信。看着颜色
诱人的李子，一个孩子抢先咬了一口，又连忙吐掉，大喊："太
苦了！"还有人不信，也去咬了口李子，结果，一个个苦得皱
眉咧嘴，这下子所有人都相信了。他们觉得非常奇怪，忙围住
王戎问道："你以前也没来过这里，怎么就知道这棵树上的李
子是苦的呢？"王戎回答说："很简单啊，这棵李子树长在道

路旁，人来人往，已经熟透的李子竟然还有这么多，说明这一定是苦李子，摘下来也不能吃，所以才没有人摘。如果李子是甜的，早就被摘光了，还能轮到我们摘吗？"

七岁的王戎不仅聪慧，胆略也异于常人。有一次，魏明帝曹睿命人把一只凶猛的老虎关在笼子里，放到宣武场上，让百姓观看。王戎也跑去看热闹。大家在围栏外兴致勃勃观看时，老虎突然攀住栅栏，发出一声惊天动地的咆哮，围观众人有的吓得跌倒在地，有的慌忙逃跑。一片混乱中，只有王戎站在原地，一点也没有害怕的样子，小小年纪处变不惊、胆识过人，令众人惊叹不已。

由此可见，童年时期的王戎，就表现出了非凡的洞察力，面对香甜李子的诱惑，面对笼中猛虎咆哮的威慑，他没有盲目跟风，而是认真观察，静心思考，做出准确的判断。他这种善于观察、思考，并能根据所见现象推理、判断的能力，不仅为童年伙伴叹服，还影响了他以后的人生。

王戎再度声名远扬，是正始九年（248）结识了父亲王浑的同事阮籍。阮籍是名满京华的大名士，玄学清谈的代表性人物。当时，魏晋玄学的第一阶段——正始玄学兴起，清谈之风盛极一时，参与清谈者不限制年龄和身份，却要求有严密清晰的逻辑推理能力和极佳的口才。在论辩风气中长大的王戎，很快熟悉了玄学，在清谈中将本就擅长的辨析能力进一步发挥出来。这一年，王戎十五岁，阮籍三十九岁，两人一见如故，相谈甚欢。阮籍每次去见王浑，说不了几句话就去找王戎，总是一谈就是大半天。他对王浑说："你儿子的才华在你之上，跟你说话毫无趣味，还不如与阿戎说话有意思。"阮籍对王戎的赞赏，使少年王戎声名鹊起，此后，王戎又结识了嵇康、山涛、阮咸、向秀和刘伶，他们七人常常在山阳县的竹林之中清谈玄理，或饮酒、弹琴、弈棋，后世称之为"竹林七贤"。他们的思想主张被称为竹林玄学，是魏晋玄学的第二阶段。

竹林七贤中，王戎年龄最小，到元康年间（291—299），王戎既是名士，又是朝廷重臣，他利用自己的身份地位，间接推动了魏晋玄学的第三阶段——元康玄学的发展。可以说，王戎凭借自己出色的辨析能力，在魏晋玄学发展史上留下了浓墨重彩的一笔。

此外，优异的推理判断能力，也使王戎能够准确判断时局，每逢大事，他总能做出正确的选择，因而在仕途上一帆风顺。任豫州刺史时，正值西晋灭吴，在这次战争中，王戎是六路大军的统帅之一，负责长江中游战事，为国家统一做出了突出贡献。战后封赏，王戎被封为安丰县侯，入朝任侍中，成为天子近臣。晋惠帝时期，升任司徒。

7. 王羲之

千古书圣

王羲之（303—361），字逸少，因做过右军将军，后世又称其为王右军。王羲之奠定了楷书、行书和今草三种字体的规范，其书法造诣至今无人能及，被尊为书圣。

王羲之之所以能够取得如此高的成就，与琅琊王氏家族的书法传统和他个人的勤学苦练密切相关。王羲之出生时，琅琊王氏家族已经成为一流的政治、文化大族，高官显贵辈出，引领文化潮流的大有人在，精通书法的王氏子弟更是比比皆是。如王敦长于草书，笔势雄健；王导擅长介于行书、草书之间的行草书；王羲之的叔父王廙，长于草书、隶书，是王羲之成名之前最杰出的书法家。

当时，中国的书法艺术正处于早期发展阶段，字帖、碑刻等书法资源相对较少，练习书法是权贵阶层的特权，而琅琊王氏家族中有大量书帖和书法著作，为王羲之学习书法提供了便利条件。

王羲之自幼喜欢书法，七岁时就翻看其父王旷收藏的《笔说》。因王旷、王廙等人长期在外地为官，便请卫夫人做王羲之的书法老师。卫铄，字茂漪，是书法家卫瓘的侄女，也是书法家钟繇的弟子。在她的教导下，王羲之初学书法就站到了很高的起点上。309 年后，王廙将王羲之带在身边亲自教养，一直到他成年。十余年的精心栽培，为王羲之打下了坚实的书法基础。此外，王导也对王羲之多有指点，还将自己珍藏的钟繇《宣示帖》赠与他。

家族环境熏陶、名师指导是王羲之成功的重要因素，但更关键的是他的勤学苦练和坚持不懈，"临池学书，池水尽墨"已经是世人熟知的典故。

练字是非常枯燥的，王羲之能够坚持下来的原因，除了真心喜爱书法和坚韧不拔的意志，还有水池中的鹅带给他的乐趣。每当写得手指酸痛，王羲之就站起来到水池边去看鹅，看它们在水中游弋，或引颈高歌，或扇动翅膀互相追逐，时而优雅，时而矫健活泼。鹅的动作又让王羲之联想到运笔姿势，如执笔时的食指要像鹅头那样昂扬，运笔时要像鹅掌拨水一样连贯。从观察鹅的动作中体会到的道理，不断融汇到书法练习中，进一步提升了王羲之的用笔技巧和书法水平。

王羲之从小酷爱书法，几十年勤学苦练，隶书、楷书、行书、草书样样精通，达到中国书法史上的最高峰。他的代表作《兰亭集序》，被称为"天下第一行书"，其他书帖也多被书法界视为范本，影响了中国书法界一千多年。

8. 何承天

宣扬无神论的律历名家

何承天（370—447），东海郯人，是南朝著名的天文学家、音律学家、文学家和史学家。

何承天五岁丧父，其母徐氏是东晋史学家、天文学家徐广的姐姐，聪明博学。在母亲教导下，徐承天自幼博览群书，成年后经史兼通，诗文典雅，精于天文历法，善弹筝，擅弈棋，知军事，通佛学，可谓一位全能型的人物。

南朝宋文帝在位期间，开挖玄武湖时，发现一座古墓，在墓的外层发现一件有柄的铜斗。宋文帝拿着铜斗问朝臣，众人都不知是何物，何承天却很快辨认出来。他说："这是王莽时期的威斗，当时三公去世，王莽都赐两个威斗，一个在墓内，一个在墓外。王莽时期，江南人位至三公的只有大司徒郢邯，因此这一定是甄邯墓。"后来古墓被打开，果然找到了另一个威斗，石铭上面刻着"大司徒甄邯之墓"，众人无不叹服。

何承天的舅父徐广长于天文，曾观测记录天象四十多年，著《七曜历》。受舅父影响，何承天从小喜好天文学，一生的主要工作也是研究天文历法。他在继承徐广研究成果的基础上，继续观测、研究了四十多年。元嘉二十年（443），他创制《元嘉历》，考订岁差，得出一百年差一度的结论，创造"调日法"，为后世所沿用。因计算比较精确，纠正了原有历法的错误，《元嘉历》一直通行于宋、齐和梁朝。

何承天精通音律，反对汉代学者京房的六十律观点，认为十二音律构成一个能够循环往复的整体，时人称为"新律"。新律为人们研究乐律开辟了新途径，成为十二平均律的先驱。

何承天是科学家，注重以科学解释世间万物，也正因为如此，他成为南北朝时期著名的无神论思想家。

南北朝时期佛教盛行，神不灭论和因果报应说传播很广。何承天运用自己掌握的自然科学知识，著《达性论》《报应问》《答颜光禄》和《答宗居士书》，与颜延之、宗炳等贵族名士论战，批驳了佛教的唯心主义观点。何承天用天文常识解释日月运行、风雨雷电都是自然现象，水旱灾害并非神佛的指使。佛教宣称众生平等，把凡是有生命的东西都称为众生，在众生之上虚构了神。何承天否认神的存在，他认为世界由天、地、人组成，人是万物之灵，不能与鸟兽虫鱼等同看待。针对佛教鼓吹的神不灭论，何承天认为，人的精神和形体如同木柴和火焰，木柴烧完，火就熄灭了，人的形体一旦不存，精神也就消散了，不可能离开形体单独存在，以有生必有死的观点驳斥佛教的神不灭论。针对佛教宣扬的因果报应说，何承天举例说明，鹅以青草为食，并不杀生，最后却成为人类的食物；燕子以捕食飞虫为生，却被视为益鸟，深得人们喜爱，佛教宣扬的杀生要遭恶报的说法没有现实根据。何承天的无神论思想，被后来的思想家范缜继承，写出了著名的《神灭论》。

9. 俊逸鲍参军

元嘉三大家之鲍照

鲍照（？—466），字明远，东海郯人，南朝宋著名文学家，他与谢灵运、颜延之合称"元嘉三大家"。

鲍照喜读诗书，胸怀大志，只是生不逢时，无法建功立业。南北朝时期，门阀制度盛行，朝廷选拔官员主要看出身门第，而不是个人才能，只要出身于世族豪门，哪怕是平庸之辈，也能平步青云；若是出身于贫寒之家，无论怎样发愤努力，都只能担任低品级官职。鲍照出身寒微，二十多岁时，还是一介平民，他决心要以自己的文学才华为敲门砖，打开入仕的门路。

元嘉十二年（435），鲍照谒见临川王刘义庆，毛遂自荐，但没有得到重视。他不死心，准备献诗言志，并展示自己的才华。之所以选择临川王，是因为刘义庆素来爱好文学，正广招天下才学之士编写《世说新语》，而且刘义庆生活俭朴，为人谦虚，善待文人学士，一时间，很多读书人都慕名前来。

鲍照去见临川王前，曾有人劝他说："你身份卑微，怎么能轻易打扰大王呢？"他闻言大怒，对那个人说："千百年来，被埋没在人群中的英才异士，数都数不清。男子汉大丈夫，应该建功立业，若是将自己的智慧、才能掩藏起来，等于是将兰花与艾草混到一块儿，令苍鹰与麻雀为伍，终将碌碌无为。"他将诗作献给了临川王。刘义庆有一定文学功底，身边又聚集着一批当时优秀的文人学士，一看到鲍照的献诗，立即召见，赏赐锦帛二十匹，并很快任命他做了王国侍郎。此后数年，鲍照在临川王府中做些文学方面的工作。刘义庆病逝后，鲍照相继在衡阳王刘义季、始兴王刘濬的王府任职，也做过一段时间的中书舍人和县令，最后，成为临海王刘子顼的参军。泰始二年（466），因刘子顼参与反叛，兵败被杀，鲍照死于乱军之中，成为政治斗争的牺牲品。

鲍照一生郁郁不得志，长时间任藩王属官，随着他们奔波各地，备尝艰辛。这种丰富的人生经历，使他创作了大量文学作品，可惜因战乱散佚很多，目前流传下来的仅有二百余篇，有诗歌、辞赋和散文，保留在《鲍参军集》中。

鲍照的文学作品数量最多的是诗歌，其诗作题材广泛，风格潇洒俊逸，颇具汉魏风骨。其中乐府诗《拟行路难十八首》成就最高、传诵最广，诗中控诉门阀制度的不公，抒发自己怀才不遇、报国无门的愤懑，也有反映百姓疾苦的诗作，基本折射了当时的社会现实。这十八首诗主要是七言诗，杂用五言句，而此前的诗歌多为五言、四言诗。三国曹丕的《燕歌行》是七言诗，但每句都用韵。鲍照则是隔句用韵，与后来的七言古诗相近，可以称得上是七言诗的开创者，对后世诗歌的发展起了重要的推动作用。

鲍照诗歌的风格和形式对后世影响很大。杜甫在《春日忆李白》中写到，李白的诗歌之所以天下无敌，是因为他学习了两位南朝诗人的写作风格："清新庾开府，俊逸鲍参军"，就是说，李白的诗歌既有庾信诗歌的清新，又有鲍照诗歌的俊逸。

鲍照作为"元嘉三大家"之一，其文学作品的思想性和艺术性都超过了谢灵运和颜延之。

值得一提的是，同样位列"元嘉三大家"的颜延之（384—456），也是临沂人。他的文学成就主要在辞赋及散文创作方面，《赭白马赋》是他的辞赋代表作之一。

10. 徐陵编《玉台新咏》
中国第三部诗歌总集

徐陵（507—583），字孝穆，东海郯人，南朝梁、陈时期的文学家。

徐陵的父亲徐摛，是梁朝时期的著名诗人。受父亲影响，徐陵八岁就会写诗文，十三岁的时候，已经能读懂哲学名著《老子》《庄子》。成年后，博览史籍，能言善辩。

梁太清二年（548）五月，徐陵以通直散骑常侍身份出使东魏，东魏丞相高澄为他设宴接风。当天天气非常热，负责接待的东魏大臣魏收有意嘲弄徐陵，他说："北方本来是不热的，今天这么热，应该是徐常侍从南方带来的。"徐陵当即回敬："魏国原来是没有礼仪制度的，王肃（琅琊王氏后裔，因父兄被杀逃亡北魏，被魏孝文帝重用，设计制定了北魏的官制和礼制）来到这里以后，才使魏人懂得了礼仪；今天我出使来到魏国，你们因此才懂得寒暑。"魏收无言以对，羞愧难当。高澄因此而大怒，以魏收在外交场合失言、有损国威为由，下令将他囚禁数日。在这一场辞令交锋中，徐陵以自己的才智，表现出了一个外交使臣优秀的口才和不容侵犯的尊严。但他的外交使命尚未完成，七月，梁朝爆发了侯景之乱。不久，东魏为北齐所取代，外交关系中断，徐陵被扣留在北方达七年之久，其间多次拒绝北方政权高官厚禄的拉拢，坚持初心不改。直到天保六年（555），他才返回南方。

陈朝建立后，徐陵历任吏部尚书、尚书左仆射、中书监、太子少傅等职，勤于吏治、清正严明，七十七岁去世。

徐陵一生的主要成就是在文学方面。他的诗文构思奇巧，文辞优美，每一篇文章问世，人们争相传抄，家家都有他的文集，徐陵因此被尊为"一代文宗"。

徐陵在中国古代文学史上最重要的成就是编选了《玉台新咏》，这是继《诗经》《楚辞》之后的第三部诗歌总集。全书共十卷，收录八百多首古诗，第一至第八卷是五言诗，第九卷是七言及杂言诗，第十卷是五言四句诗，即后来五绝的前身。除第九卷中的《越人歌》相传作于春秋战国时期外，其他都是西汉至梁朝的诗歌作品。由于魏晋南北朝时期的战乱，很多文学作品失传，《玉台新咏》的编选，使大量诗歌得以流传，此书也成为中国古代文学史研究的重要参考资料。

11. 公鼐

明朝山左诗坛领袖

公鼐（1558—1626），字孝与，号周庭，出身蒙阴公氏，与于慎行、冯琦并称明朝"山左三大家"。"山"指太行山，位于太行山左侧的山东省被称为山左。这三人籍贯都属山东，所倡导的文风号称齐风，其中公鼐被后人赞颂为词林宿望、诗坛巨擘，是山左诗坛的领袖。

公鼐自幼聪慧，读书过目不忘，少时已颇具文学才华。十四岁时，其父公家臣中进士，授翰林院编修，公鼐随父进京读书，在翰林院精英的指点下，他的学业、文才日渐提升。公鼐二十岁时，其父因触怒首辅张居正被贬出京。此后二十年，他经历了父亲被迫害去世、自己科举失意的打击，一边承担起繁重的家庭负担，一边发愤苦读。四十岁时，公鼐与弟弟一起考中举人，四十四岁中进士，从此正式踏入仕途，相继任翰林院编修、国子祭酒、礼部右侍郎等职。他曾担任明光宗朱常洛的老师，因此，光宗继位后，十分器重公鼐，亲书"理学名臣"匾额，挂于其府门。明熹宗继位后，一开始仍器重公鼐，视为"两代帝师"。此后，魏忠贤专权，公鼐不愿与之为伍，辞官回乡，六年后病死，终年六十九岁。

公鼐的主要成就在于提出新的文学主张和诗歌创作两方面。

明朝文坛，诗风屡变，前期盛行台阁体诗文，以朝臣歌功颂德为主；中期出现了以李梦阳为代表的前七子和以李攀龙为代表的后七子，倡导复古，强调"文必秦汉，诗必盛唐。"公鼐最初是推崇复古的，随着自身阅历的增加，转而激烈抨击模拟古人。他认为文学是不断发展的，每一时代都有自己代表性的文学，先秦的风雅颂、两汉的乐府诗、唐诗宋词元曲，诗歌创作应该反映时代特征，可以学习借鉴前人的经验和成果，但需要将创新性的内容融入其中，绝不能完全照搬前人。

公鼐一生创作了大量文学作品，其文集《问次斋集》原有一百卷，因明清之际的战乱，作品散佚严重，目前可见的仅有清代手抄本，共八册三十一卷，收录散文四篇、诗歌两千零一十五首，共有二十多万字。他的诗歌数量多、体裁完备、风格多样、内容丰富，有感慨国事、批判贪官污吏、关心百姓疾苦的，也有讴歌壮丽山河，尤其歌颂家乡美景的，仅歌咏蒙山的诗就可编一本专集，其中的名篇如《东蒙山赋》《望蒙山吟有寄》《蒙山瀑布》《初春出郭望蒙山雪色》等，描写了蒙山的挺拔气势和壮丽山景。

12. 王思衍

铁笔进士，乱世傲骨

临沂市兰山路中段，有一座建成于 1913 年的天主教堂。教堂正面有五块匾额，分别是"天主堂""掌握天地""万有真源""真主圣殿""普照恩光"，由清末书法家王思衍题写。百年后的今天，这座教堂和匾额已经成为临沂市中西文化交融的见证，也是珍贵的文物遗迹。

王思衍（1866—1938），字仲蕃，兰陵人，二十岁时即以诗文、书法成为"沂州府四才子"之首，三十二岁中进士。相传，殿试选取状元、榜眼、探花时，王思衍本可以中选，慈禧太后非常欣赏他的书法，但认为"此人笔力遒劲，必定抗上"，最终降低了他的名次，任命为刑部主事。

1900 年，八国联军攻陷北京，慈禧太后仓皇逃往西安。王思衍对放弃京城之举很是不满，并未随驾西逃，而是南下返回兰陵故里。《辛丑条约》签订后，八国联军退走，慈禧太后重返北京，见皇宫中不少匾额被毁坏，许多字残缺、脱落，便命人补写修复，多人试写后，还是和原来的字搭配不上。这时有人推荐了王思衍，慈禧将他召回京城，补写匾额缺字。王思衍所补缺字几乎与原作风格一致，得"铁笔"之名。此后，王思衍留任刑部数年，因看不惯官场中的贪腐之风，于1910 年辞官归乡，隐居兰陵二十多年。1938 年，日军攻占临沂，王思衍耻做亡国奴，愤而自缢，终年七十二岁。

王思衍是诗人，有大量诗文传世，如《燕南路》《强项令》《新钱法》等。但他最突出的成就是书法。

王思衍自幼练习书法，直到晚年仍坚持不懈，取众家之长，真、草、篆、隶皆精，其书法被人争相求取。只是王思衍为人正直清高，不屑攀附权贵，驻防临沂的第五旅旅长李森多次向他索要书法作品，都被他拒绝。

当时，王思衍住在王家城宅里，有人提议："你把在北京吃的名菜列个单子，看看咱临沂能做出来吗。"王思衍照做，菜单被送到菜馆，店主听说是王思衍写的，便说："回去再多加几样，我们好做选择，叫开单子的人签名，方便结账。"后来结账的时候，店主说："菜单我留下了，酒菜免费送给王老先生。"为了求得王思衍的字，店主当真是挖空心思。

王思衍不愿为达官贵人写字，却愿意为百姓卖字。1936年，沭河大桥坍塌，为方便沿河百姓通行，已经七十高龄的王思衍多方奔走，一方面请求临沂政府拨款修桥，另一方面，他与友人王天乙等人到临沂卖字，为修桥筹集资金。

王思衍还是一位篆刻名家。他从历代印玺和名家印章中汲取精华，融会贯通之后，形成了自己的独特风格。他的书法篆刻艺术专著《木石居印存》，使用了几十种不同的刀法和字体，篆刻了《太白春夜宴桃李园序》《陋室铭》《盘古歌》三篇文章，一句或半句刻为一个印章，共计八十一个印章，盖在书页正中。这些印章大小不一，字体迥异，或古朴苍劲，或清隽可爱，或典雅高贵，印章周围以毛笔做注，详细介绍所用篆刻刀法和个人经验。可以说，《木石居印存》集王思衍的篆刻艺术之大成，也是方便后人学习篆刻的专著。

四

文脉赓续　遗珍如星

在临沂的历史长河中，从远古祭祀蒙山的印记到乾隆下江南居留的郯子花园行宫，从令人叹为观止的史前文物到见证友谊的珍贵书札，留下了难以计数、灿如星海的珍贵遗址和文物。这些遗址和文物是从古至今临沂人勤劳与智慧的结晶，是历史的见证、文化之根，记录着古人在这里活动留下的文化传承轨迹、厚重精神意蕴和独特的生活密码，赓续绵延着临沂文脉，承载着临沂人的基因和血脉，是不可再生、不可替代的中华优秀文明资源的组成部分。

遗址和文物是凝固的历史，但不是尘封的古董；遗址和文物能记录过去，也能映照当下、启迪未来；遗址和文物还是一种人文景观，值得现代人观赏品评。因此，挖掘文物价值，讲好遗址和文物的故事，是一件很有意义的事情。

（一）遗址揭秘

临沂市遗址的特点主要有三：一是文保级别高，全国重点文物保护单位和入选全国"百年百大考古发现"的遗址有多处；二是种类多，有王城、穆陵关、汉墓，也有罕见的地上汉代王陵，有见证书圣王羲之刻苦习字的洗砚池、晒书台，还有标志齐地、鲁地星野划分的齐鲁分疆阁等等；三是时间跨度大，从凤凰岭遗址到远古祭祀蒙山的颛臾国故城，到乾隆下江南居留处郯子花园行宫，时间跨越数万年。让这些遗址"活"起来，以故事的形式走进现代人的视野，具有重要的现实意义。

1. 颛臾故城

远古祭祀蒙山的历史印记

颛臾故城是周代颛臾国的都城遗址，位于今临沂市平邑县柏林区固城村北。颛臾，风姓，太皞之后，为鲁国附庸。颛臾故城城址近正方形，南北长 600 米，东西宽 550 米。城垣轮廓清晰，城墙用当地黄土夯筑而成，现南面城墙残存较少。西、北两面高 4 米，西北、东北和东南城角残垣高达 9 米，墙基宽达 12 米。城内文化堆积厚约 2 米，采集有春秋夹砂灰陶鬲、泥质灰陶豆等文物。1992 年，颛臾故城遗址被山东省人民政

颛臾故城遗址

府公布为省级文物保护单位。

颛臾国，初为上古时期的一个古国。相传以风为姓的东夷部落首领太皞，在远古时代就建立了颛臾方国。西周初期，成王封太皞为颛臾国君，周天子给颛臾国的主要任务就是协助或代替周王室祭祀蒙山。颛臾国势弱小，春秋初期是鲁国附庸。

颛臾国代替周王室祭祀蒙山，开创蒙山祭山文化，这要比秦始皇泰山封禅至少早八百年。颛臾国也因此以其特有的历史地位而闻名于世，在历史上曾引起许多文人墨客的极大兴趣，有不少吟颂颛臾的诗文流传至今。清代曹寅有《过沂水有怀芷园弟》一诗云：

寒事颛臾早，征轺沂水初。

西风正驱雁，回首益踟蹰。

清代文人杨仪廷在《吟怀古迹》组诗中写道：

颛臾城畔旧经过，北望东蒙古意多。

臣向鲁邦称社稷，国先夏甸辟山河。

缭垣岁久成虚陇，野径春深秀麦禾。

借问后来畴作主？白云终古满岩阿。

2. 凤凰岭遗址

东周大墓探秘

凤凰岭遗址，位于临沂市河东区凤凰岭街道办事处王家黑墩村东的凤凰岭之上，属于沂河、沭河冲积平原的二级阶地残余地貌，是一处旧石器时代细石器文化，新石器时代龙山文化，商、西周、东周、汉代及唐、宋时期的文化遗存，尤以东周大墓和旧石器时代晚期的细石器遗存最具代表性，是"凤凰岭文化"的命名地。

1982 年，在临沂市河东区凤凰岭发掘了一座东周大墓，墓室早年被盗，但仍出土了青铜器、玉器、骨器等精美文物三百多件。2013 年，凤凰岭遗址被山东省人民政府公布为省级文物保护单位，2021 年入选"山东百年百项重要考古发现"。

东周大墓有高大的封土堆，分为车马坑、器物坑和墓室三部分。车马坑在墓室西 24 米，已遭严重破坏。器物坑在墓室

凤头斤

北 25 米，陪葬器物放置整齐有序，有青铜鼎、编钟、矛、戈、镞和漆木弓等。墓室近于方形，面积约 100 平方米，分为前室、后室两部分，前室在北，后室在南。墓主人在后室中间，头东脚西，一棺一椁。在墓室中还发现有殉人 14 具，大体可以分为三类：后室的 4 具殉人，有棺椁，随葬精美的器物，在一殉人脚下发现了一件凤头斤，是当时国家权利的象征，被列为国家一级文物；位于墓室中部隔梁内的 2 具殉人，只有棺材，没有随葬品；其余 8 具殉人，没有棺材，大部分仅仅裹着席子下葬，甚至有肢体残缺。

凤凰岭大墓的年代约为春秋晚期，墓主人应该是身份显赫的贵族，可能是春秋晚期一位鄅国国君的墓葬。

现在，临沂市博物馆在二楼设有展厅，复原了凤凰岭东周大墓。

3. 鄅国古城遗址

临沂北城新区的千年见证

鄅国古城遗址位于今临沂市兰山区柳青街道办事处鄅古城村东南部，平原地貌，地势微隆。遗址东邻沂河，西至鄅古城村，北部紧邻鄅古城村居一带，南部紧邻村耕地，大体上呈长方形。现遗址上方已基本被村庄和耕地覆盖，原有城墙多已被夷为平地，仅遗址南北方向尚存夯土墙基和护城河遗迹。1992 年，鄅国古城遗址被山东省人民政府公布为省级文物保护单位。

西周建立后，把东夷族的居住地划归自己的版图，对生活在东夷地区的古国重新给予封号，鄅即为当时的封国之一。

如今，郿国古城遗址已被列入临沂市总体规划北城新区中心区域。关于临沂城的建城时间、历史沿革也在学界掀起了热烈的讨论。经考证，郿国古城的建城时间比启阳古城早了五百多年，临沂城发展史据此推到了三千年以上。

4. 季桓子井

孔子辨羵羊之源起

在临沂市费县上冶镇古城村村北的鄪国故城遗址附近，有一处古井遗址，正是春秋时期鲁国正卿季桓子掘井遗址。这里至今仍留有清代所立两通石碑，一通为乾隆年间费县知县骆大俊所立，上面刻有"季桓子井"四个楷书大字；另一通为嘉庆年间督粮道孙星衍和费县知县郭志清所立，刻有钱泳隶书"季桓子得羵羊之井"八个大字。两通石碑皆保存完好。"季桓子井"碑，高2米，宽0.74米，厚0.19米；"季桓子得羵羊之井"碑，高1.63米，宽0.41米，厚0.37米。就是在这里，发生了著名的"孔子辨羵羊"的故事。

鲁定公五年（前505），季桓子在封地鄪都掘井时，挖出了一个肚大口小的瓦器，内有一物，人莫能识。季桓子找到孔子问："我家挖井得到一个像狗的怪物，这到底是什么呀？"孔子说："这是羊啊！古人说，木石之怪叫夔、魍魉，水中之怪叫龙、罔象，土中之怪叫羵羊。今得之土中，必定是羊。"季桓子又问："什么叫羵羊？"孔子说："非雌非雄，徒有其形。"季桓子把鄪地人叫来一问，果然分不出雌雄，于是感叹说："仲尼之学，果不可及！"

孔子辨羵羊是中国历史上的一个大事件，古代典籍《国语·鲁语下》《史记·孔子世家》都有记载。在孔庙大成殿《孔子事迹图》中有"羵羊辨怪"图，图解释文曰："鲁国季桓子打井时挖出怪物，硬得像岩石，有兽的形状，

季桓子井

不知其名。使人去问孔子，孔子说：'天下万物各有各的精怪，土里的叫羵羊，这就是羵羊吧。'"

今天，在季桓子井附近，随处可见春秋战国时期的花纹砖、瓦、陶豆柄等，这些春秋战国时期的遗物，似乎是在向人们诉说着这块土地上几千年文明的传承。早在20世纪末，坐落在羵羊文化诞生地的山东温和酒业集团，就为弘扬历史传统文化而研发了"羵羊春"和"羵羊醇王"美酒，受到世人赞赏。

5. 南武城遗址

曾子故乡揭秘

南武城故城遗址，即历史上的南武城、武城、南城、南

成遗址，位于临沂市平邑县郑城镇南、北武城村一带，面积约200万平方米，是春秋至南北朝时期的古城址。《左传》等史料记载，南武城故城，始建于鲁襄公十九年（前554），为鲁国武城邑治所。战国时属齐国，称南城。西汉置南城县，又称南武城县。东汉复置南城县，晋时始称南武城，至北齐废。2013年，南武城故城遗址被国务院公布为全国重点文物保护单位。

南武城故城遗址，平面呈不规则圆形，西、南两侧有曾子山、苍山，东、北两侧依地势筑有半圆形城墙，约2800米。城址周长约5295米，东西最大直径约1600米，南北最大直径约1530米。故城内有大量建筑遗址，包括宫殿、街道、作坊、房舍等，遗留下陶质排水管道和筒瓦、板瓦、铺地方砖、瓦当等建筑残件。还出土了数量众多的铜剑、铜戈、铜镞、铜洗、瓦当等。

武城村是曾哲、曾参父子的出生地，村南有父子二人的墓地。曾哲墓高7米左右，直径约10米；曾参墓略小于其父之墓。

武城村旁有曾子山，此山因曾子得名。山势陡峭，绵延五千余米，重岩叠峰，其间多有断崖险峻之处。山中景色秀美，一年四季各有特色。曾子山上有些石块，远看去像孝子列队作揖叩首状，近看则像晚辈向长辈跪拜请安，当地百姓以曾子至孝之故，将这种形状之石称为"孝子石"。

6. 穆陵关

齐长城的重要关隘

穆陵关在今临沂市沂水县境内的大岘山上，西周至春秋战国时期是齐、鲁二国的分界，也是齐、鲁二国与莒国的分界关隘。

《左传·僖公四年》和《史记·齐太公世家》都记载了西周初年武庚和管、蔡叛乱时，成王派康公向姜尚发布的命令："东至于海，西至于河，南至穆陵，北至无棣，五侯九伯，实得征之。"从这个命令来看，"穆陵"一名在西周初年即已为天下所知。

齐国建立后，出于安全的需要曾重修穆陵关，并不断扩大规模。穆陵关是齐长城上唯一设置重关的要塞，是齐国第一雄关。因此，历史上穆陵关有"东方雄关""天下奇关"的说法。

穆陵关在西周至春秋战国时期是齐鲁文化交流的必经之地，许多重大的文化交流事件都与它有着密切关系。例如，公元前686年，齐襄公被杀后，公子小白与公子纠争立，小白由莒国经穆陵关入齐，夺取君位，成为齐桓公。

穆陵关也是齐与吴、楚间交流的必经之道。吴、楚等国使臣入齐一般都要经穆陵关。《晏子春秋·内篇·谏上第一》记载，齐景公时有楚巫进入齐国，企图诱使齐景公搞迷信活动，受到晏婴的谏阻，

穆陵关遗址

齐景公乃作罢。齐相晏婴本人亦曾出穆陵关南使楚国。楚国君臣本想奚落晏婴，结果反遭晏婴的奚落。虽然如此，晏婴仍宣传了齐国的强大富庶，并讲了环境对人的作用问题，所以仍然可视为一次文化交流活动。

7. 蒙阴堂阜

管仲脱囚处

堂阜，春秋时齐国邑名，故址在今临沂市蒙阴县西北常路镇。中国历史上著名的"管仲脱囚"的故事就发生在这里。

齐襄公在位时，实行暴政，生活淫乱，齐国政治混乱。齐襄公的两个弟弟公子纠、公子小白逃难于外，管仲、召忽保护公子纠避难于鲁国，鲍叔牙保护公子小白避难于莒国。襄公十二年（前686），公孙无知杀齐襄公，自立为君。次年，雍林人杀公孙无知，并讨论重立君主。齐国贵族高氏、国氏两家暗地里告知公子小白，要他尽快回国继位。鲁国听说之后，也发兵护送公子纠回国争夺国君之位，并派管仲带兵堵住了莒国到齐国的道路，管仲一箭射中了公子小白的带钩。公子小白假装倒地而死，躲在车里日夜兼程赶回齐国，被立为国君，是为齐桓公。

公子纠半路得讯，即借鲁兵伐齐，鲍叔牙率兵迎击，双方大战于乾时（今山东泰安一带），鲁军惨败，公子纠逃回鲁国。鲍叔牙大军压境，逼迫鲁国杀公子纠，召忽自杀，管仲被囚。行至堂阜，已进入齐国境内，鲍叔牙将管仲放出了囚车，以礼待之，后人称之为"堂阜脱囚"。

回到齐国后，桓公要杀管仲，鲍叔牙劝谏说："臣幸运地跟从了君上，君上现在成了国君。如果君上只想治理齐国，那么有叔牙和高傒就够了。如果君上想成就天下霸业，那么非管仲不可。管仲到哪个国家，哪个国家就能强盛，不可以失去他。"齐桓公听从了鲍叔牙的建议，召管仲谈论霸王之术，大喜过望，拜其为大夫，委以政事。管仲得遇明君，君臣同心，励精图治，对内整顿朝政、力行改革，对外尊王攘夷、存亡续绝，帮助齐桓公成为春秋第一霸主。

《沂州府志》记载："堂阜，庄公九年（前685）管仲脱囚于此。"《左传·桓公·子纠争国》载："管子请囚，鲍叔受之，及堂阜而税（同脱，释放）之。"

后人为纪念这一历史事件，在今南北围子村刻立齐鲁交界碑，并建"夷吾亭"以祀管仲。在今西下庄（即西堂阜）建堂阜庙以祭祀三贤（齐桓公、管仲、鲍叔牙）。遗憾的是，庙、碑、亭已废，现只存在庙基，世称"堂阜遗迹"。"堂阜遗迹"是蒙阴八景之一。

8. 首崮顶的天上王城

崖壁上的神秘古国

纪王崮是沂蒙七十二崮之一，位于山东省临沂市沂水县泉庄镇西北四公里处，以"秀、奇、美"享誉齐鲁，有"七十二崮之首"的美誉。清代康熙十一年（1672）、道光七年（1827）

的《沂水县志》均记载纪王崮为"纪侯去国居此"。

相传，公元前690年亡君纪王率残兵驻扎于此，筑城修路，盖房造屋，在崮顶建成了一座规模宏大、功能完备的王都，纪王崮因此而得名。

纪王崮崮顶呈南北走向，东西宽处有两公里，南北长数公里，崮顶现有纪王墓、金銮殿、擂鼓台等遗址二十余处。在纪王崮发现的纪王崮墓群墓葬规模较大，规格较高，结构特殊，出土的器物量大精美，铜器胎质厚、器型大气，不仅出土了带铭文的青铜礼器，还出土了成套的编钟、编磬等乐器及成组的玉器等，填补了多项中国国内考古空白。2019年，纪王崮墓群被国务院公布为全国重点文物保护单位，2021年入选"山东百年百项重要考古发现"。

纪国自西周初年立国，姜姓，侯爵。鲁庄公四年（前

天上王城

690），齐国攻打纪国，纪王不堪黎民百姓遭受战火纷扰，率领臣民南下，途中经过现在的纪王崮，见此崮崖壁险峻，易守难攻，兼有可耕之田、可饮之水，于是决定在此驻扎，建立了新的都城。

如今，依托沂蒙山世界罕见的岱崮地貌群，以沂蒙七十二崮之首的纪王崮为中心，以春秋战国时期纪国迁都至此的历史故事为主题，建成了天上王城景区。在这里，人们可以沿着山路登上宽广的崮顶，远眺连绵不绝的沂蒙山崮群风光，也可以在石头院落等特色民居间以及古城墙上安步当车，或者观看场面宏大的古装马战表演、参观春秋墓遗址，或是去地下冰宫看冰雕。曾经崖壁上的神秘古国，正以积极开放的胸怀，迎接着八方来客。

9. 北寨汉墓

墓穴展现精美画像

北寨汉墓也称北寨汉代古画像石墓，位于沂南县界湖街道北寨村，是东汉时期的墓葬建筑。其中，一号墓系大型画像石墓，是中国现存规模最大、保存最完整的大型汉画像石墓。2001 年，北寨汉墓被国务院公布为全国重点文物保护单位，入选"山东百年百项重要考古发现"。2023 年，北寨汉墓群一号墓画像石刻入选国家文物局《第一批古代名碑名刻文物名录》。

北寨汉墓墓体由石块筑成，墓室分为前、中、后三室及侧室，有画像 42 块、73 幅，画像总面积 442.27 平方米，刻有朝仪、宴饮、

沂南北寨墓群一号墓

舞乐、狩猎、战争等场景。其中多幅画像被中学历史课本采用做教材，如《乐舞百戏图》被 1956 年高中历史教科书采用，《丰收宴享图》中的收租部分两次被收入初中《中国历史》教材。

特别有意思的是，北寨汉墓被人们誉为为爱情诞生的"蛮蛮"。之所以如此称呼，是因为镌刻在墓室里面的一幅精美的比翼双飞鸟图。众所周知，比翼鸟形态和习性与其他鸟不同，仅一目一翼，雌雄须并翼飞行，后世因比翼鸟的特性，常用比翼齐飞形容夫妻生活和谐美满。《西山经》记载："崇吾之山有鸟焉，其状如凫，而一翼一目，相得乃飞，名曰蛮蛮，见则天下大水。"由此可见，比翼鸟又名蛮蛮，北寨汉墓也由此得名。

10. 吴白庄汉墓

汉画像石的翘楚之作

吴白庄汉画像石墓位于临沂市罗庄区盛庄街道吴白庄村的西北角，地面起冢，原有高近十米的巨大封土堆。1972年，进行了抢救发掘。2006年，吴白庄画像石墓被山东省人民政府公布为省级文物保护单位。

吴白庄墓室是砖石结构的半地下建筑，总面积135平方米，由墓道、墓门、前室及东西耳室、中室及西耳室、东西后室和回廊等部分组成，是目前发现的汉画像石墓中规模较大、形制最复杂的一座。该墓最有价值的是墓葬中出土的44块画像石及其59幅画面。

临沂市博物馆吴白庄汉墓画像石展厅

吴白庄汉墓中的画像石分布在墓室的门楣、门扉、横额、立柱等处，画像题材大致可以分为三类：社会生活类，如车马出行、迎宾拜谒、庖厨宴饮、乐舞百戏、亭台楼阁、胡汉战争等；历史人物故事类，如仓颉造字、董永佣耕侍父、七女为父报仇等；神仙异兽类，如伏羲女娲、东王公西王母、青龙白虎、玉兔捣药等。较为罕见的是墓中的十六角立柱、倒刻的狮子头和高浮雕雕刻，与中国传统的雕刻内容和手法有较大区别，这大约与丝绸之路畅通、古罗马的艺术东传有关。因此，吴白庄汉墓画像石不仅是中国雕刻艺术的典型代表，也是中外文化交流的见证，在全国汉画像石遗存中占有突出的地位。

11. 琅琊王陵

罕见的地上汉代古墓

在今天临沂市兰山区水田路与琅琊王路交会处，坐落着一座青砖古墓，古墓四周被一段段红墙所包围，最南边的红墙上刻着"琅琊王陵遗址"几个大字。这里就是琅琊王陵，东汉时期琅琊王夫妇的合葬陵墓。

琅琊王陵整体为青砖结构仿庭式建筑布局，拱顶发券式地面建筑形式，规模宏大，建筑考究。整个墓葬属于山东地区流行于东汉早中期的典型的"前堂后寝"式砖砌墓，封土底径35米、高7米。墓室南北长16.4米，东西宽13.5米，高5.2米，由左右对称的八字形双门道、双墓门、双甬道、左右耳室、横前室、双后室等部分构成，这是汉代王族陵墓建筑风格的一大

特点。墓门三层发券，相当于三层椁，这也属于王制。墓道长约 20 米，在门道前还坑葬有马、羊头及陶罐等，墓前用白灰铺地，"赤墀之地，天子之制"，"白玉墀之地，王侯之制"，墓前用白灰铺地，也可以证明此墓为王侯墓。

这座琅琊王陵最大的考古价值在于它是国内罕见的一座地上汉代王墓，其地上砖结构仿庭式建筑布局方式本身已具有特殊性，是琅琊国留下的为数不多的珍贵古迹之一。

12. 平邑三阙

著名的汉代石阙

平邑三阙，包括两座皇圣卿阙（东汉元和三年，即 86 年）和一座功曹阙（东汉章和元年，即 87 年）。2023 年 1 月，东汉皇圣卿阙功曹阙题记入选国家文物局《第一批古代名碑名刻文物名录》。

平邑三阙

　　两座皇圣卿阙形制相同、东西相对，亦称元和石阙，除阙身四面边框内各有五层画像、较功曹阙稍小外，其余部分与之无甚差别。皇圣卿阙的西阙南面第四层西半部有清晰可见的文字，首行写着"南武阳平邑皇圣卿冢"九字，皇圣卿阙由此得名，次行是"之大门卿以元和三年"九字，后面的字迹模糊不可辨。阙身四面的画像为传说中手执规、矩的女娲伏羲，以及反映现实生活的车马、骑射、乐舞、兵勇等，人物形象生动，栩栩如生。

　　功曹阙由灰青石筑成，分阙基、阙身、斗拱、阙顶四部分，总高 2.1 米。阙身面宽、厚度接近方形，在现存汉阙中是罕见的形制。阙身上面砌有一石，高约 0.41 米，雕为上下两层，上层挑出阙身少许，四角各镌斗拱一座，阙顶刻成四注式瓦顶，底部刻檐椽一排，此种形制为北方汉阙所独有。阙身四面雕有人像、车骑、禽兽、铭记等。

平邑三阙形体壮硕稳重，造型颇为奇特，是我国古代建筑艺术的珍品。在现存的汉代石阙中，建筑年代仅晚于四川梓潼的李业阙，是研究汉代建筑史的珍贵实物资料。

三阙原位于临沂市平邑县城西北二里远的九顶莲花山，1932年移至平邑城关第三小学，现收藏于平邑县博物馆。

13. 洗砚池、晒书台

书圣习字处

洗砚池和晒书台是书圣王羲之故居的两大遗迹。

洗砚池，又名"砚池""墨池""泽笔池"。相传王羲之小时候练字非常刻苦，每天早上带着笔墨纸砚到家门口的水池边练字，练习结束后便拿着毛笔、砚台到水池清洗，天长日久，

王羲之故居

池中的水都变成了黑色，于是人们便称这个水池为"洗砚池"。这一习惯贯穿了王羲之一生，不仅临沂有洗砚池，王羲之后来定居的浙江绍兴和曾任官的浙江温州、江西抚州临川，都有墨池的传说和遗迹。"临池学书，池水尽墨"已经成为王羲之刻苦练字的典故。

洗砚池北面约二百米处有一高台，为王羲之习字晒书处，名为晒书台。晒书台一百五十平方米，台中间立有一块石碑，上书"晒书台"三个大字，是已故中国佛教协会主席赵朴初先生亲笔题写。

王羲之练字从不间断，时时写，日日练，写的纸张太多，为了避免墨迹不干粘到一起，便拿到水池边的高台上晾晒，全部铺开后，也可以自我比较，哪张写得好，哪张有待改进，仔细揣摩比较。就这样日复一日练字、晾晒、揣摩，使得王羲之的书法水平不断提高。

14. 洗砚池晋墓

山东晋墓之最

洗砚池晋墓位于临沂市兰山区洗砚池街北侧，王羲之故居洗砚池东北部，是山东省迄今发掘的汉晋大中型墓中最完整的墓葬，其主墓室规模之大为全国发现晋代墓葬中所罕见。洗砚池晋墓被评为 2003 年"全国十大考古新发现"之一；2006 年，被国务院公布为全国重点文物保护单位；2021 年，入选"山东百年百项重要考古发现"。

洗砚池晋墓一号墓

　　洗砚池晋墓一号墓是砖石结构双室墓，南北长 4.3 米，东西宽 8 米，东西两墓室并列，中间有一个 0.9 米的夹道，西室葬一名六七岁儿童，东室葬两名幼儿，分别是一岁和两岁左右。墓葬未被盗掘，共出土青瓷器、陶器、青铜器、金银器、漆器、玛瑙等文物 270 余件（套），其中青瓷胡人骑狮烛台、青瓷鸡首壶、铜仙人骑狮器、铜凤形熏炉等 7 件被列为国家一级文物。

　　洗砚池晋墓二号墓在一号墓西南 35 米，规模宏大，由墓道、墓门、甬道和墓室构成，墓室南北长 13.7 米，东西宽 6.7 米，高 4.7 米，墓内葬一男一女，推断是夫妻合葬墓。因被盗掘，陪葬品所剩无几，仅出土文物 30 余件（套），但从出土的金叶片、金钉、玛瑙珠、黄釉龙柄灯等器物看，未被盗前应该也有大量精美陪葬品。

　　洗砚池晋墓一号墓是目前山东发现的保存最完好、唯一没有被盗掘的晋代墓葬，二号墓是规模最大的晋代砖室墓。现在，临沂市在原地建了洗砚池晋墓博物馆，完整保护两座墓葬。

15. 齐鲁分疆阁

齐地、鲁地星野划分的标志

在临沂市河东区葛沟镇，原先有一座雄伟壮丽的石阁，被称为齐鲁分疆阁。只看名字，也许会被人误以为这里是古代齐鲁的分界要地，但事实并非如此。

葛沟在古代是青州、徐州北南分疆，青州、兖州东西分疆之地，地理位置十分重要。清代叶圭绶在《续山东考古录》中记载："中邱邑又名诸葛城，又名王僧辩城，今葛沟镇。春秋隐公七年，城中邱。村南原有一阁，南向，东西长约十五米，宽约十米，拱形门洞，可三马并行，门额为'齐鲁分疆'。"这段文字描述了"葛沟"之名的由来，也指出了齐鲁分疆阁的规模。这里的所谓"分疆"，不是疆域的界定，而是古天文学上的一个概念。

古代根据天文星宿运行的幅度来判断某一地域的精确方位，这种判断方位的方法即为"分野"。古代的占星家们认为，人间的祸福与天上的星象有联系，为了用天象的变化来占卜人间祸福，将天上的星空区域与人间的州国区域相对应，根据星辰的十二星次将人间的州、国划分为十二个区域，并使二者相互对应。这种划分，在天称"十二分星"，在地则称"十二分野"，也就是将某星宿作为某封国的分野，或者将某封国作为某星宿的分野。古代地理学家们命名他们分野的地域，借用了诸侯国的名称，如齐分、鲁分或齐地、鲁地等。《汉书·地理志》中所载的"齐地虚、危之分野也。鲁地奎、娄之分野也"，正是天文学中的所谓"分野"。由此可以看出，齐鲁分疆阁是齐地、鲁地星野划分的标志，而并非齐国与鲁国的分界之地。

曾经的齐鲁分疆阁是用巨大的长条形青石筑成，南面拱门上方横嵌石匾，匾上镌刻着"齐鲁分疆"四个大字。北向拱门上方也有一块石匾，镌刻着几行小字。石阁顶层有 3 间房屋，长 7 米，宽 3.5 米，脊高 5 米，门背向，房内正中，观音塑像面北端坐莲台，俗称"倒坐观音"。齐鲁分疆阁巍峨壮观，成为沂河岸边的一处壮丽景观，同时也是研究古天文学、古地理学的重要实物凭证。然而，这样一座珍贵的石阁建筑，却在抗日战争期间被拆毁。

为弥补遗憾，2011 年，临沂市沂南县在葛沟镇葛沟村西侧的滨河东路上重建了一座汉阙。

（二）珍贵文物

文物凝结着先人的智慧和民族的记忆，展示着中华民族的文化自信。深入挖掘文物蕴含的文化之魂、文化之韵，满足现代社会人的生活需要和审美需要，是使文物重新焕发生命力的不二之举。

临沂是个文物灿若星辰的地方，这里有"四千年前地球文明的精致之制作"——蛋壳黑陶，有神秘尊贵举世无双的金缕玉罩，有见证西晋民族大融合的胡人骑狮器，有传递珍贵友谊的著名书法作品。从史前文明到近代社会，承载着文化之根、民族之魂和底蕴之美的临沂文物，因为人们的再次驻足注目，在现代社会又重新绽放出时代的光芒。

1. 蛋壳黑陶高柄杯

四千年前地球文明最精致之制作

作为山东龙山文化最具特色的标志性陶器，精美绝伦的蛋壳黑陶器皿是中国古代制陶艺术的巅峰之作，其"薄如纸，黑如漆，亮如镜，声如磬"的特色令世人叹为观止，被考古学家誉为"四千年前地球文明最精致之制作"。

大范庄蛋壳陶高柄杯

龙山文化中的蛋壳陶形式多样，各具特色，具有精致、古朴、高雅、复杂的特点。制作蛋壳陶对烧制温度和陶土的选择都有严格的要求，优选精细淘洗的细泥，采用轮制工艺，经过约1000℃的温度烧制。成品胎壁仅约0.5毫米厚，质感细腻润泽，表面散发出令人陶醉的黑色光泽，因此被称为蛋壳黑陶。

蛋壳黑陶高柄杯，是山东龙山文化的代表性器物之一，是一种重要的礼器，也是史前饮酒器中最高级的代表之一。已发现的蛋壳陶杯，平均厚度不足 0.5 毫米，最薄处仅有 0.2 毫米，有的全器重量只有 40 克。

2. 金缕玉罩

刘疵墓里的神秘尊贵

金缕玉罩是目前中国发现的唯一一套只有脚罩、手罩和头罩而没有四肢和上身的"玉柙"。1978 年 5 月，出土于临沂市兰山区洪家店村刘疵墓，是国家一级文物，也是临沂博物馆的镇馆之宝。

金缕玉罩由 1 件头罩、2 件足罩、2 件手罩，共计 5 件组成。头罩由面罩和帽两大部分组成，面部造型显示出清晰的眼、鼻、嘴的轮廓，给人微笑、神秘、安详、沉静之感；手罩有左右之分；脚罩为方头、平底、高腰，能明显区分出左右两只。整个玉罩由 1140 块玉片用金丝编缀而成。玉片较薄，质地晶莹细腻，有的玉片背面还有装饰样纹理，从纹样特征大致可以判断这部分玉片很可能是用旧玉璧或旧玉佩类器物改制而成。玉片多数呈青色，表面光素，因年代久远，部分玉片受到侵蚀。

玉衣是两汉时期只有王侯以上的贵族才能使用的特殊敛服，又叫玉柙、玉匣。金缕玉罩的主人叫刘疵。根据汉代的丧葬习俗，只有帝王或受赐的亲王大臣才有权享用金缕玉衣。因

金缕玉罩——洪家店西汉刘疵墓

此，刘疵应为汉代身份高贵的皇室后裔。

　　刘疵墓的金缕玉罩玉色细腻柔润，造型独特精巧，具有较高的历史价值和艺术价值，堪称稀世珍宝。

3. 银雀山汉简

破解千古之谜

　　临沂老城南有两座小山岗，东西对峙，东为金雀山，西为银雀山。1972 年，临沂地区卫生局准备在银雀山建药品仓库，在施工中意外发现了两座汉代墓葬，被命名为银雀山一号墓和二号墓。2021 年，银雀山汉墓入选全国"百年百大考古发现"。

　　在两座墓葬中发现了竹简、漆器、陶器、钱币等器物。在一号墓边箱北端出土了竹简 4942 枚，简上的文字全部为隶书，用毛笔蘸墨书写，字迹有的端正，有的潦草，不是出于一人之手。后经整理，有《孙子兵法》《孙膑兵法》《六韬》《尉缭子》等兵书，还有《管子》《晏子》《墨子》等先秦古籍，以及失传已久的《相狗经》《曹氏阴阳》《风角占》《灾异占》等。

《孙子兵法》《孙膑兵法》的同时出土，破解了千古历史悬案。较早完整记载《孙子兵法》的是西汉史学家司马迁。他在《史记》中记载："孙子武者，齐人也，以兵法见于吴王阖闾。……孙武既死，后百余岁有孙膑。"司马迁记载了孙武、孙膑的时代和关系，并认为二人都著有兵书。东汉史学家班固著《汉书》记载："吴有孙武，齐有孙膑。"三国时期，曹操为《孙子兵法》注释，没有提到《孙膑兵法》。唐朝初年修《隋书·经籍志》也没有收录《孙膑兵法》。这说明至迟在隋朝时期，《孙膑兵法》已经失传。此后，围绕着孙武、孙膑和他们的兵书，展开了千余年的争论。如南宋叶适认为，未必有孙武其人，《孙子兵法》是春秋末、战国初人伪托。清朝姚鼐认为，孙武有其人，但《孙子兵法》是战国人伪托。近代史学家钱穆认为，孙武与孙膑为同一人，兵法为孙膑所著。梁启超认为，孙武与孙膑为二人，兵法可能为孙膑所著。

银雀山一号墓同时出土了《孙子兵法》和《孙膑兵法》，失传的《孙膑兵法》重现于世，澄清了千余年来关于孙武与孙膑其人、其书争论未果的问题，破解了千古之谜：孙武在春秋时期的吴国为将，称吴孙子；孙膑在战国时期的齐国任职，称齐孙子，孙膑是孙武的后世子孙，两人各有兵法传世。

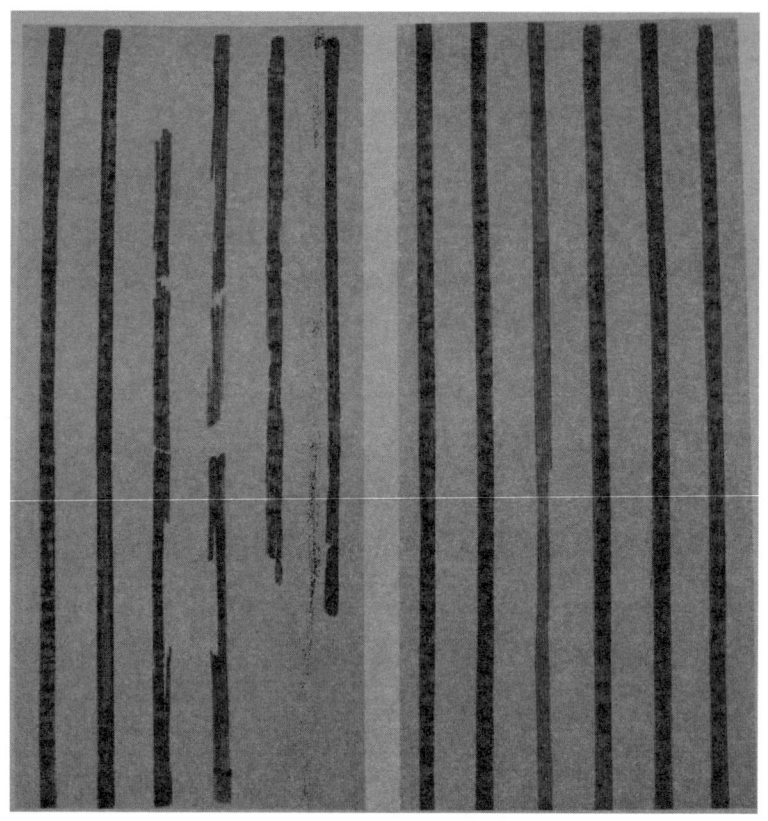

《孙子兵法》竹简　　　　　　　　　《孙膑兵法》竹简

　　现在,临沂市在竹简出土地修建了银雀山汉墓竹简博物馆,对墓葬和竹简进行保护、研究和展示,兵学文化也成为临沂的特色文化之一。

4. 王羲之摹诸葛亮《远涉帖》

临沂"双圣"的跨时空交流

众所周知，诸葛亮是著名的政治家、军事家，但可能有人不知，诸葛亮还是一位具有较高造诣的书法家，擅长行书、草书。草书《远涉帖》，就是诸葛亮的书法作品之一。

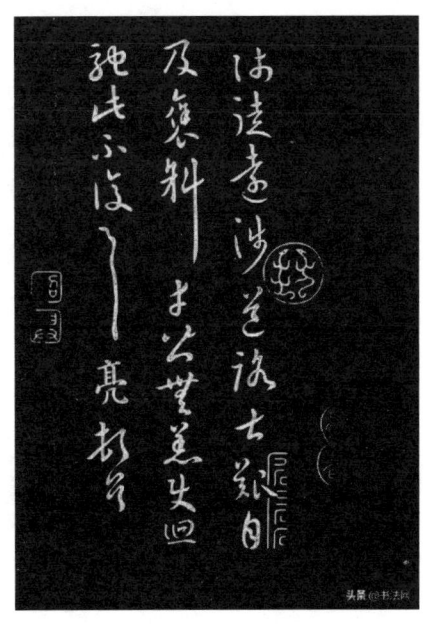

诸葛亮的《远涉帖》

《远涉帖》共三行，二十七字。帖文是："师徒远涉，道路甚艰；自及褒斜，幸皆无恙。使回，驰此，不复云云。亮顿首。"意思是，大军远征，道路非常艰险，一直到达褒斜道，幸运的是各方面都好。已让使者回去，具体情况由他报告，这里就不再一一细说了。《远涉帖》是诸葛亮写给胞兄诸葛瑾的家书，向其汇报其嗣子诸葛乔随军北伐出征平安归来的情况。

据传，王羲之与诸葛乔后裔诸葛显私交甚密，因而得以亲眼鉴赏《远涉帖》真迹，并以章草临摹。就这样，临沂"双圣"诸葛亮、王羲之因《远涉帖》而得以进行了一场跨越时空的书法交流，在中国书法史上留下了一段佳话。

5. 胡人骑狮器

西晋民族大融合的见证

胡人骑狮器，是西晋时期南方越窑所产的青瓷精品，整体釉色光亮，从烧制工艺和人物刻画等方面来看，都是青瓷中难得一见的珍品，是国家一级文物。该文物2003年出土于临沂洗砚池晋墓，被列为国家一级文物，现收藏于临沂市博物馆。

胡人骑狮器造型设计奇特，制作精致，器物通高27.1厘米，狮身长20.5厘米、宽10.1厘米。骑狮胡人浓眉大眼，高鼻大耳，络腮胡须，髭须上翘，表情丰富，两眼圆睁，右手执便面于胸前，左手揪狮耳，目视前方。头戴网纹卷沿高筒帽，帽中间饰有凹弦纹，帽后两带交叉下垂。身穿圆形十字形纹裤衫，端坐于狮身

晋青釉胡人骑狮器

上。卧狮颌下有须，怒目张口，獠牙外露，长尾呈树叶状下垂，狮身印有圆形斑纹，蓖划鬃毛。胡人骑狮器釉面光滑，玻璃质感强，釉色莹润光亮，色泽清雅，悦目柔和，人狮造型精美绝伦，栩栩如生。

胡人骑狮器是研究晋代文化和民族大融合不可多得的重要文物，也是临沂市的一张亮丽文化名片。现在，胡人骑狮器已不再是"藏在深闺"的珍贵文物，临沂市博物馆以其为基础元素，精心设计创作了系列文创产品，赋予古老文物以时代的生机。

6. 珍贵友谊的传递

林则徐给庄瑶的书札

林则徐（1785—1850），福建省侯官人，是清末著名的政治家、思想家、诗人，还是一位著名的书法家。他一生的书法诗作数量极丰，但流传下来的并不多。临沂市博物馆收藏着一幅书法作品，是林则徐写给好朋友莒南大店人庄瑶的，属国家二级文物。

庄瑶（1791—1865），字琪园，莒州大店（今属临沂市莒南县）人，嘉庆二十一年（1816）中举，二十二年中进士。曾任工部都水司主事、湖北荆宜施兵备道等职。同治四年（1865）去世，追赠太仆寺卿。他与林则徐是同榜进士，二人交往甚密，友情甚深。庄瑶与林则徐曾共同督修黄河，因为志同道合，在共事过程中，建立起了深厚的友谊。道光十九年（1839），林则徐奉命前往广州禁烟时，庄瑶寄书予以支持。后来，林则徐被撤

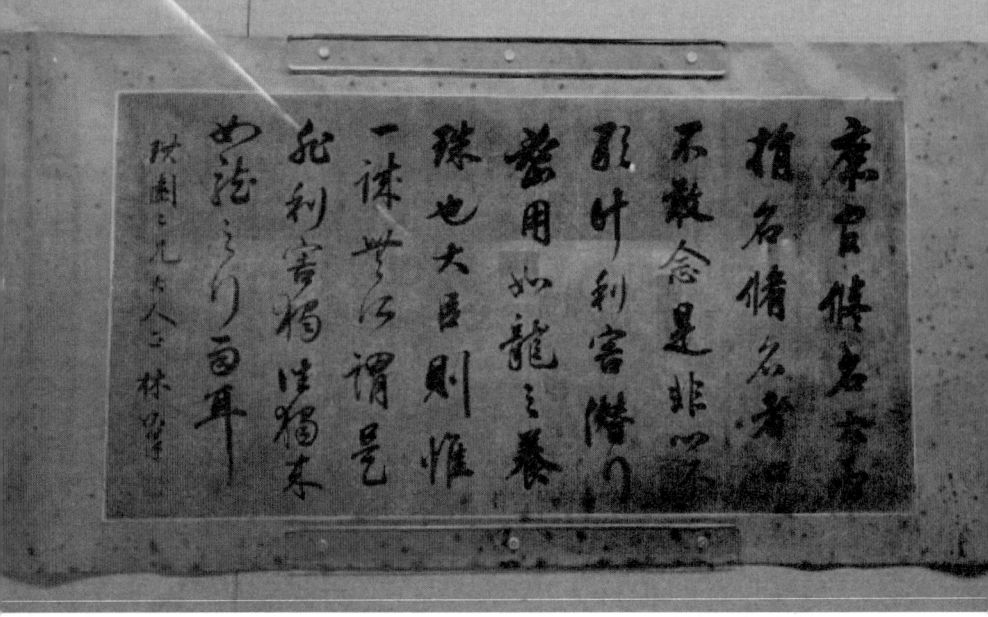

林则徐给庄瑶的书札

职查办，庄瑶为之上书求情。

　　林则徐送给好友庄瑶的这幅书法作品为纸本，纵63.7厘米，横125厘米。内容为："庶官修名，大臣捐名。修名者口不敢念是非，心不敢计利害，潜行密用如龙之养珠也。大臣则唯一诚，无所谓是非利害，独往独来如龙之行雨耳。"在这幅书法作品中，林则徐借董其昌《容台别集》中的名句刻画了表里不一的官员嘴脸，将险恶的官场形态揭露得淋漓尽致。作品的落款为："琪园二兄大人正，林则徐。"下钤白文朱印。

　　临沂市博物馆对这幅行书作品的注释为："此是林则徐为时任工部都水司主事的临沂莒南人庄瑶（字琪园）所书。"

　　林则徐送给庄瑶的这幅书法作品洒脱圆润、字迹适中、疏密得当、劲健遒逸，兼有行草之势。另外，这幅作品的文字格式与谋篇布局亦非常考究，用墨着色颇显书法功力，炼字纠句更是用心良苦，这都与林则徐的高尚品质密不可分，处处展现着其淡泊名利、忧国忧民之心。

　　林则徐的书法作品在当时极受欢迎，每日向其索书的人络绎不绝。林则徐的书法是人品、书品相得益彰的典范，蕴含着其为人刚正豁达之气和崇高的人格魅力。这幅送给庄瑶的作品，字里行间流露着林则徐的浩然正气和高尚情怀，饱含着挚友间共勉和相互砥砺之情，是二人珍贵友谊的见证。

五

山川秀美　非遗恒新

临沂历史悠久，是中华文明的重要发祥地之一，是山东省历史文化名城。这里山川秀美、景色宜人，素以山水沂蒙著称。临沂北部峰峦起伏，河流蜿蜒，谷壑幽深，有蒙山、沂山、文峰山等众多风景名胜；南部为临郯苍冲积平原，河湖清澈，一派田园风光。南北呼应，构成了一幅壮美的自然画卷。晨曦中，远山如黛，近水如银，一片宁静祥和的景象，让人心旷神怡。同时，悠久的历史和灿烂的古代文明为临沂留下了极其丰富的非物质文化遗产，婉转的戏曲，优美的歌舞，浓香的美酒，独特的美食，传神的手工艺，既是历史发展的见证，又是珍贵的、具有重要价值的文化资源。

（一）临沂名胜

临沂自然风光优美，具有观赏、文化或科学价值的山河、地貌、特殊地质、天文气象等自然景物众多，沂水拖蓝、野馆汤泉、平野晓霁、普照夕阳、泥沱月色、神峰积雪、苍山叠翠、孝河凝冰、石鸣风雨、岱崮地貌等闻名全国。在自然与人文的交相辉映中，形成了广为传颂的文化故事，这些故事是展示临沂的亮丽名片。

1. 登东山而小鲁

孔子游蒙山

《孟子》记载："孔子登东山而小鲁，登泰山而小天下。"意思是，孔子登上东山就觉得鲁国小了，登上泰山就觉得天下小了。

孔子所登的东山在哪里呢？东山，即蒙山，地处临沂市蒙阴县和平邑县交界处，是山东境内的第二座高山，仅次于泰山，素有"亚岱"之称。

蒙山主峰为龟蒙顶，海拔高度 1156 米，因峰顶平坦，形似爬行大龟而得名。龟蒙顶南麓是周初所封、专事祭祀蒙山的颛臾国遗址，后人特建谒蒙祠，又称万寿宫。

蒙山"孔子小鲁处"

　　蒙山虽然没有泰山那么陡峭,但登山路程要比泰山长许多。沿蒙山天街上行,可见在悬崖边有一座圣贤亭,并有"东鲁在望"匾额。柱上有对联一副:"踏云观日怀抱千秋山川吾心大矣,依岱望淮吞吐万古风云鲁国小乎。"亭内有孔子曾经坐着休息过的石头——圣憩石。

　　过了圣贤亭不远,就是东天门。到了这里,上山的路就平缓多了,再走过一个山弯,一片奇异的景色便出现在眼前:对面的山崖上,看上去像有一群乌龟正争先恐后地向大海爬去,有的闭目沉思,有的匆匆前行,最上边的几只小龟可能是刚从蛋壳中爬出来，还不敢下海，正在东张西望。石龟形态各异，千姿百态，真可谓天造地设，鬼斧神工。这里就是著名的"神龟探海"。

走过神龟探海不远，就到达了山顶，天地豁然开朗，视野顿时开阔起来。

山顶修建了"孔子小鲁处"碑，碑的上方有一石亭，上书"小鲁亭"。亭柱上有一副对联："心悬华夏几万里，身在蒙山第一峰。"亭内立有石碑一通，上刻孔子像，碑的背后是《小鲁亭记》。在四根柱子上还刻有曾参、子路、原宪、澹台灭明等四位孔子弟子的画像及简介，因为这四个人都是临沂平邑籍人。

2. 沂水拖蓝

舒祥盛赞的沂河美景

沂河，又称沂水，源自山东省沂源县徐家庄子乡龙子峪村西南小黑山北麓的徐家庄河，流经沂水县、沂南县、兰山区、郯城县，向南流入江苏省境内后注入黄海，全长 574 公里，河面最宽达 1540 米，集水面积 4892 平方公里，流域面积 17325 平方公里，被临沂人称为"母亲河"。

《沂州志》载，在临沂城东，沂河与祊河、涑河汇流后，会形成清浊两种水流。沂河河道宽，水深，流急，所以河水清澈；祊河河道窄，水浅，雨季来临时河床泥沙搅动，水质混浊，河水汇入沂河，缓缓而流，经久不混，像沂河中拖曳着一条蓝

沂水拖蓝

色的彩带，便形成了"沂水拖蓝"这一景象。该景象时有时无，时东时西，给人一种神秘的感觉。2023年7月13日，受强降雨的影响，沂河上游降水量较大，河水携带大量泥沙与祊河、涑河水流相遇，再次形成"沂水拖蓝"的壮丽景观。

舒祥，字维祯，安徽黟县人，明代著名诗人，曾任山东沂州训导。在沂州期间，舒祥为沂州大好山水和秀美风光所倾倒，写下了《沂州赋》《琅琊八景诗》等著名诗赋。《琅琊八景诗》中的"沂水拖蓝"诗为：

拖蓝曳练漾微波，百合泉来渐满河。
蒙谷雪消苍泽长，祊田雨后翠涛多。
青含冷雨沿堤树，绿锁寒烟近水莎。
但见渔舟随处落，不妨风浪夜如何。

3. 野馆汤泉

载入《大不列颠百科全书》的温泉

野馆汤泉，也称作汤泉野馆、汤头温泉，有两千一百多年的历史，是临沂著名的人文自然景观，古代"沂州八景"之一，也是全国闻名的四大天然甲级温泉之一。

野馆汤泉位于临沂市河东区汤头镇北部，左依汤山，右临汤河，是天然温泉，著名的疗养胜地。1916 年《临沂县志·湖泉》载："汤泉，城东北汤山西，水从石罅横出，砌石为池，热如沸汤，一名汤泉。拘挛疥、癣之疾濯之可愈，故有男汤、女汤之别，今瘌汤已湮，惟余二泉，西注汤河。"一年四季，前往野馆汤泉的沐浴者络绎不绝，尤以清明佳节为最盛。但温泉十分简陋，只筑有野馆以避耳目、别男女，因此被称为"野馆汤泉"。

"野馆汤泉"的"馆"，是馆驿之意，汤泉指的是汤头温泉。《沂州府志》记载："野馆空余芳草地，春风依旧见遗踪。"

明代诗人舒祥的《琅琊八景诗》之"野馆汤泉"为：

> 汤山山下涌汤泉，溅喷珠玑颗颗圆。
> 半亩聚来清澈底，一泓深处碧涵天。
> 风狂暂失池心月，气热长生水上烟。
> 春雨正多还溢出，满沟环珮振潺湲。

汤池究竟是如何产生的呢？从地质角度看，郯城至安徽庐江的郯庐大裂带是中国东部一条规模巨大的深断裂带，向北越过渤海湾，一直延伸到东北三省境内。该断裂带在山东境内的部分由于沿沂河、沐河分布，习惯上被称为沂沐断裂带。汤头地热田就位于沂沐断裂带和蒙山断裂带的交会部位，具备较好的成热地质条件。该地热田特殊的地形、地质、地貌、水文等条件形成了早期汤头温泉破土出露的必要条件。

汤头温泉的形成原理是泉区地表水和大气降水沿着岩石中没有发生明显位移的缝隙渗入深部，然后沿断裂带从北部、东北部、西北部广大地区向南和东南方向运动。地下水在构造深部径流并受热增温至汤头附近汇集，在汤头附近水头逐渐抬高，在有利部位进行排泄。汤头温泉属于基岩裂隙热水，现在水温73℃左右。

汤头温泉 PH 值为 8.3，泉水富含钾、锌、钙、钠、镁、氡等 38 种阳离子和微量元素，矿化度 15.8 克 / 升，其硫化氢、硅酸含量已超过硫化氢和硅酸泉的标准，氡和硫酸钙的含量接近氡泉和硫酸钙泉的标准。因其能"治百病"，又被当地人奉为"神水"。当地人称下温泉洗澡为"下汤"，直至现在还保留着这个说法。

当地民间传说，很久以前，清明节的时候，汤神爷爷和汤神奶奶便会向汤河里撒上几十种药，这些药各有各的疗效，能治百姓所患疾病。清明节这天一早下汤，到汤池里摸药，摸到哪种药就能治哪种病，去得越早，药效也就越好。由于汤泉水确有明显的医疗保健作用，这一习俗得以流传下来。直到今天，汤头及其周边地区的人们清明节一大早前来下汤摸药的还是很多。久而久之，发展到每天早晨都可以提早下汤"摸药"，这一习惯也被称为"赶头汤"。因为民间有汤神爷爷和汤神奶奶撒药的传说，于是此二仙便被供奉在汤神庙里。汤神庙就建在汤河边，约在汤池以北百米处。1946年，汤神庙被强行拆除。

1862年，汤头温泉被载入英国《大不列颠百科全书》。

4. 平野晓霁

平野台上看到的美丽晨景

临沂城区鼓楼台巷北端，古有平野台一处，位置就在今天的凤凰广场附近。平野台为全城最高处，登台远眺，城内外景物尽收眼底。观望城外，原野稼穑，郁郁葱葱，沂、祊、涑水岸边柳绿桃红；内瞰城中，楼阁亭榭，风光旖旎。"沂州八景"之一的"平野晓霁"，就是清晨在平野台上所看到的美丽景象。

《沂州志》记载："在州治后东北，上有亭，阎闾夹映，外瞰祊、沂、涑水，内览寺、观、楼、阁，晨中初晓，曙色甫开，爽心快目。"元朝初年，太守储天章修复平野台。清代在平野台建鼓楼。后来，在平野台旧址附近，出土有清同治六年（1867）所立重修平野台、井石碑各一块。

明代诗人舒祥的《琅琊八景诗》之"平野晓霁"诗，描述了晨曦中在平野台上所看到的美丽春色：

苍苍微曙霭高台，几树桃花昨夜开。

疏柳啼莺三月届，断云迷雁九天来。

千门辟尽晨钟散，百役奔初晓漏催。

此际登临观下境，满城春色拥蓬莱。

历史变迁，平野台早已坍塌，但类似"平野晓霁"的景色，在临沂却并不罕见。近年来，临沂在沂河、涑河、祊河三河之中建设橡皮坝蓄水，河水水面大大增高，两岸空气随之清新了许多。清晨，河面上水雾蒸腾，河岸边的绿树红花和城中的高楼大厦被笼罩在水雾之中，若隐若现，朦朦胧胧，因此，"三河晓霁"依然是临沂城的一道秀丽景色。

5. 普照夕阳

普照寺里的"佛光"

普照寺位于临沂市兰山区洗砚池街王羲之故居内，是沂州四大古寺之一。傍晚时分，夕阳透过普照寺西墙的窗户，照射在佛像身上，然后通过折射发散，使整个佛堂都被夕阳的余晖照亮，形成奇特的夕阳普照景观，这就是著名的"沂州八景"之一——"普照夕阳"。

在古代，人们对科学知识的了解不够，不能解释夕阳普照形成的原因，往往将其神化，认为是"佛光"。用现代光学原理来看，"普照夕阳"是光的折射形成的。

明代诗人舒祥的《琅琊八景诗》之"普照夕阳"诗为：

碧玉楼头日未沉，几家残照半城阴。

斜分宝刹千层影，光灿瑶龛百丈金。

归雁携云投百浦，啼猿迎月上东林。

柴门欲掩诗僧定，坐上闲庭抱膝吟。

这首七律对普照夕阳的景色进行了细致的描写：红墙碧瓦之上，夕阳余光未散，雾霭笼罩着街道，而在夕阳之下，层层叠叠的殿阁影像，余光投射在普照寺上，辉映出一片金光，大雁、彩云、啼猿尽在其中，寺中僧人坐在幽静的院中吟诗。

关于普照夕阳，《沂州志》载："在州治西南王右军故宅也，元帝渡江，诸王从之，舍宅为梵宫，基即晒书台，殿西山墙，每当日夕回光返照，红映可观，虽地之耸高，实灵气所钟云。"大意是，王羲之家族南迁后，他们在沂州治所西南的故宅被改建为佛寺。佛寺大殿西山墙，每当太阳西下回光返照，大殿被夕阳映红，景色可观。这里提到的佛寺，在唐代称为开元寺，北宋称为天宁万寿禅寺，南宋称为普照禅寺。金皇统四年（1114），普照寺扩建时，发现了刻有《沂州普照禅寺兴造记》的石碑，即集柳碑。

集柳碑是著名的金代石刻。觉海和尚在普照寺工程竣工后，为了记述普照寺的兴建过程及其盛景，便邀人撰写了《沂州普照禅寺兴造记》的碑文。觉海对唐朝著名书法家柳公权的字极其推崇，但是那时柳公权已经辞世，他只能不辞辛苦地搜集柳公权的墨迹，历尽千辛万苦终于集齐了大小相仿的柳体字《沂州普照禅寺兴造记》全文，然后请人精心镌刻，所以后人也称此碑为集柳碑。

觉海把石碑竖立在寺院中庭，并筑亭加以保护。集柳碑在1668 年郯城大地震中倒塌，断裂成数块，后来虽然经过精心修复，但是仍然有残缺碑文不能补全。

6. 泥沱双月

双月湖的来历

泥沱湖，位于临沂市罗庄区罗庄街道。东靠八块石，西临湖西崖，南至湖南崖，北依大、小白衣庄。古代的泥沱湖，碧波浩渺，水平如镜；芦苇浩荡，藻类丰盛；鱼游虾嬉，野鸭成群；水肥草美，鸟语花香，宛若人间仙境，曾出现"泥沱双月"美景，是古"沂州八景"之一。

《沂州志》记载："（泥沱湖）在州南二十里，中有圆洲，夏秋菱荷并茂，月夜泛舟，洲上香气四来，花气拂人，宛如仙境。"

明朝著名诗人舒祥在担任沂州训导期间，游览泥沱湖之后，曾留诗称赞"泥沱双月"：

> 夜半银蟾印碧流，澄澄波底一轮秋。
> 分明水府开金镜，仿佛天河浸斗牛。
> 宿雁不惊矶上客，潜鱼还避渚边鸥。
> 渔郎隔岸相呼语，尽是芦花暗钓舟。

这首诗描绘的泥沱湖月色，幽雅绝伦。特别是开头两句，传神地描绘出了天水之中各有一轮明月遥相呼应的美景：夜间银色月光映射在碧清的水流上，清澈的波底又现出一轮秋月，像是龙宫里打开了千里金镜，又好像天河里沉浸着斗牛二星。

1992 年，罗庄镇党委、政府领导带领全镇机关干部、群众进行义务劳动，历时一个多月，在泥沱湖旧址开挖出水域面积五百余亩的人工湖，并扩建成城市湿地公园。该湖水波荡漾，绿树环抱，景致不亚于"泥沱双月"。根据历史上泥沱湖的美丽传说，遂取"双月"之名，将该湖正式命名为"双月湖"。公园中心花坛组成了"双月拱日"的图案，八根高六米的大理石龙凤柱矗立其中。园内设置了拓荒牛、飞马等各类雕塑，形成了春有花、夏有荫、秋有果、冬有青，四季常绿的绿化格局。

2007 年 6 月 11 日，经国家建设部批准，临沂市双月湖公园入选中国第四批国家城市湿地公园。

7. 神峰积雪

文峰山独有的奇妙

文峰山原名神峰山，位于临沂市兰陵县城西部，海拔 234 米，文化底蕴深厚，人文、自然景观俱佳，素有"鲁南小泰山"之称，是国家 AAA 级旅游景区。

鲁国执政大臣季文子设兰陵为次室邑，在此执政期间，清正廉洁，勤政为民，去世后葬于文峰山，后人为纪念他，把"神峰山"改为"文峰山"，还在他的墓前建了一座神庙，名为季文子庙。

季文子即季孙行父，春秋时期任鲁国的正卿，执政三十三年，先后辅佐鲁宣公、鲁成公、鲁襄公三代国君。他执掌鲁国朝政，忠贞守节，克勤于邦；他十分注重个人修养，廉洁奉公，大兴节俭之道，不仅为鲁国营造了清新的政治风气，更在客观上起到了廉洁表率作用，受到后人的赞誉和尊崇。

文峰山山清水秀，景色优美，山上古木参天，清泉潺潺，怪石嶙峋，盘藤冉枝，峭壁摩崖，曲径通幽。龙泉西侧有通向山顶的盘路，共77盘297阶。沿石阶而上，两旁岩石陡峭如削，松柏遮天蔽日。路两侧有两株松树，一株根出石缝，形似偏马欲骑，人称"偏马松"；一株坐于巨石之上，两条主根交叉深入峭壁岩缝，形如骑马，人称"骑马松"。沿途峭壁崖缝中两株千年古藤，似两条巨龙绕柏腾空。

远看文峰山的东坡，白石皑皑如雪，即为"沂州八景"之一的"神峰积雪"。这一景色的形成，是由于过去山上植被比较稀少，大量白色的石头裸露在外，太阳照射在上面，远远地看去就像皑皑白雪。《临沂县志》记载："山东面白石皑皑，望之如雪，故府志以神峰积雪为八景之一云。"

《沂州志》则曰："山阴积雪，四时不消，八景积雪即此。"由此可见，"神峰积雪"还有另外一种说法，即文峰山阴，积雪不消，由此得名。

明代诗人舒祥在看了神峰积雪的景色后大为赞叹，专门赋诗一首，描绘的也确是文峰山雪后景色：

细认奇峰似未真，乱山高下复如银。

冰封石窦流泉断，风搅林丛折竹频。

万木低斜无宿鸟，一歧平满少来人。

东君夜到知消息，开遍梅花几树春。

现在的文峰山除了有体现历史文化的季文子庙、季文子墓碑、千佛崖、泉源寺遗址、泰山行宫旧址外，还建有苍山暴动纪念馆、赵镈事迹展览馆、横山惨案纪念碑、赵镈墓、银厂惨案纪念碑等党性教育基地。文峰山优美的自然风光与人文景观，让人流连忘返。

8. 苍山叠翠

苍马山的海市蜃楼

苍马山位于临沭县城东北三公里处，由苍山、马山、草山、冠山、演武山组成，总面积 30 平方公里。景区内群峰巍峨，层峦叠嶂，林木葱郁，云雾缭绕，景色秀美。苍山主峰为景区最高峰，海拔 399 米。整个山体松柏掩映，苍翠欲滴，层层叠叠，与周围群山相映成趣，以自然生态优美而著称，有"苍山叠翠"景观。

"苍山叠翠"在东晋时期被列为"沂州八景"之冠。苍山之景色从八个方向看去，有"犀牛望月""出水芙蓉""书圣笔架""骆驼饮水""老君乘龙""青嶂列戟""卷帘诰轴"等"七景八观"之说。

明代诗人舒祥的《琅琊八景诗》之"苍山叠翠"诗为：

好山面面削芙蓉，吐月摩云势更雄。

数叠好峰青列戟，几层晴嶂碧连空。

巍峨低视淮阴小，突兀高联泰岳崇。

日暮卷帘看映色，满山佳气雨濛濛。

清康熙十三年（1674）《沂州志》记载："巅上可阚东海，高插天际，云霞四起。层峦五色，朝夕远观，殊为佳胜。"登上苍山主峰，远望东海，天连海，海连天，长天苍苍，海水茫茫，海天交融，大有"秋水共长天一色"之胜。

"苍山叠翠"苍山山势高耸，吞云吐月；陡壁悬崖，挺拔峻峭；奇峰森列，怪石林立；层峦起伏，山重水复；苍松翠柏，郁郁葱葱。真正的"苍山叠翠"奇观与海市蜃楼属同一原理，通常是在细雨初停、雾雨掩映的天幕下出现，一前一后，一虚一实，前后两峰重叠，苍苍茫茫，极为雄伟壮观。

9. 石鸣风雨

诸葛亮故乡的自然奇观

在诸葛亮故乡阳都（今沂南县砖埠镇），有一处"石鸣风雨"的自然景观，因天然形成、奇特壮观而受到人们的关注。清朝道光七年(1827)《沂水县志》中对这一景观有专门的记载："县南百二十五里，东抵沂岸。南为古阳都城，其北为汶水入沂口，即石鸣风雨处。"

清代沂水县人刘应宾，在他的五言诗《石梁》中，对"石

鸣风雨"进行了描写:

萧萧岁将暮，稼人告成功。

命驾适别墅，飞鸿嘹泪冲。

东河薄暮宿，入夜响大风。

雷震耳根闹，床头万马讧。

披衣闻守舍，石吼偶然逢。

气交风雨至，水石始为通。

异境凌晨看，石梁乱插空。

沂汶流接处，严壑互长虹。

狮象纷眠卧，牛羊诧朦胧。

图排鱼复浦，窟幻龙藏宫。

学士鲜经历，河山便谓穷。

有如眉睫间，谁知鬼斧工。

"石鸣风雨"是指一道石梁锁住河口，巨石密布，若断若连。天晴水小时，汶水从石梁间穿出，声若弹琴；每逢雨季，河水陡涨之时，湍急的水流撞击石梁，发出巨大的响声，如雷声轰鸣，数里外都能够听见，形成了"石鸣风雨"的奇特景观。

然而，也正是这道石梁的阻挡，致使洪水溃堤，历史上出现的逆害也触目惊心。

清雍正八年（1716）六月，暴发了一次罕见的特大洪水。河水猛涨，从殷家庄、袁家庄两村中间决堤南下，一泻洙阳而入沂，所经村庄墙倒屋塌，平地一片汪洋，人畜伤亡不计其数，其状惨不忍睹。从此，每到夏天，一到山洪暴发，二河之水便泛滥成灾，附近百姓叫苦不迭。旧时官吏昏庸迂腐，他们认为这道石梁景观奇特，是上天所赐，因此禁止百姓在此采石治水，担心破坏了当地的风水。

1941年3月，在沂水行署专员牟宜之和沂临边联县县长尚明等官员带领下，民主政府一面发放有限的救济物资，组织群众生产自救；一面筹措资金，根治洪害。政府号召民众，就地挖土采石，建筑堤坝，在春荒极度困难的情况下，民工们吃糠菜饮河水，毫无怨言，团结奋战。经过三个月的艰苦奋斗，7月7日，袁家口子大堤胜利竣工，这才根治了多年的水患，百姓得以安居乐业。

现在，石梁残迹犹存，汶河入沂处，白石众多，远眺如肥羊闲卧草丛，近观如多姿白牛散处石林，鸟瞰如异形珍珠散落大地；静谧之日，鱼翔浅底，水鸟嬉戏，风景优美，令人流连忘返；风雨之时，水大击石，波浪翻腾，轰鸣之声如鼓角争鸣，传至数十里外，仍呈现"石鸣风雨"景观。

10. 沂蒙岱崮地貌

中国第五地貌

岱崮地貌是山东沂蒙地区独有的一种特异地貌景观，是中国第五大岩石造型地貌。岱崮地貌也是继丹霞地貌、张家界地貌、嶂石岩地貌之后中国科学家最新发现世界岩石地貌类型。

岱崮地貌以临沂市岱崮为代表，山峰顶部平展开阔如平原，

峰巅周围峭壁如刀削，峭壁以下是逐渐平缓的山坡，在地貌学上属于地貌形态中的桌形山或方形山，因而也被称为"方山地貌"。岱崮地貌以独特的地貌特征、丰富的文化资源吸引了联合国教科文组织的目光，2019年沂蒙山岱崮园区被授予世界地质公园称号。

岱崮地貌主要分布在鲁中南低山丘陵区域，包括沂水、蒙阴、沂南、沂源、平邑、费县等地。

岱崮地貌不仅具有科学研究价值，而且集风景旅游、生态旅游、农业旅游、乡村旅游和文化旅游等资源于一体，极具开发价值。每个崮都有美丽的民间传说，这些传说与崮顶的山寨文化以及当地的民俗风情、历史掌故、考古发现、地方特产、饮食文化等相互交织，构成了独具特色的崮文化资源。

岱崮地貌的美，处处体现了人与自然的和谐交融。近几年来，随着人们对生态环境的日益关注，这种罕见的、未被现代人挖掘的原生态的自然之美逐渐显现出来。2021年5月19日，《美丽中国（三）》普通邮票惊艳亮相，全套六枚邮票中，临沂沂蒙崮群位列第一。沂蒙崮群奇特壮丽的风光征服了集邮爱好者，也让更多人了解了岱崮地貌。

（二）非遗纷呈

在漫长的历史发展过程中，临沂人创造出了非常丰厚、异彩纷呈的非物质文化遗产。高雅民歌郯马五大调、婉转悠扬的拉魂腔柳琴戏和双璧合一的民间舞蹈龙灯·扛阁，滋养出临沂人豪爽而细腻的情感情怀；小郭泥塑、郯城木旋玩具、临沭柳编，让临沂人的生活多姿多彩；鲜红的中国结、质朴鲜艳的沂蒙手绣、"包住福气"的彩印花布，临沂人将平凡的生活融入艺术气息，让日子充满吉祥幸福的味道；技传千年的兰陵美酒、去腻爽口的八宝豆豉、鲜香肥美的沂州糁、"无所不卷"的煎饼，让临沂人的生活有滋有味，充满浪漫质朴的气息。历久弥新的非物质文化遗产，在新时代成为文化"双创"的宠儿，变成了"山东手造"的潮品和"网红"，深受喜爱和追捧。

1. 郯马五大调

高雅民歌传四方

"郯马五大调"也称鲁南五大调，是一种古老的大型民歌演唱曲，又称"套曲"，包含了"淮调"（马头调）、"满江红"、"大寄生草"、"玲玲调"（亦称"玲儿调""岭儿调""勾儿调"）、"大调"等五大宫调，当地艺人和群众也称之为"正调""细歌""雅曲""淮调""马头调",因主要流行于山东临沂郯城县城关和马头镇一带,故称"郯马五大调"。同时,在山东省枣庄市、日照市、东营市的广饶县以及苏北连云港等地也有一定的传播。2008年,鲁南五大调入选第二批国家级非物质文化遗产名录,是临沂传统音乐类最具代表性的非物质文化遗产。

郯马五大调的传统曲目十分丰富。从内容上看,大致可分为爱情、社会生活、历史故事、自然风光、警世劝善、谐谑清玩等六类,每一类都有很多代表作品。

郯马五大调历史悠久,可追溯至宋元时的南北散曲,明清俗曲则是孕育它的母体,大约在清代乾隆、嘉庆、道光时期发展到鼎盛。其音乐结构繁丽,风格独特,旋律高扬低回,曲折委婉,擅于拖腔,倚重声情,多用衬字、踩词、叠句,节奏平实舒缓,既不过于激昂又不失庄重,曲调充溢着古声古韵;歌词或雅正婉丽、意蕴隽永,或浅白流畅、朴实自然,能够从容地表达丰富多样的情感,具有中国民间大型演唱曲独有的曲式特点,故而深受百姓喜爱和专业人士推崇。

郯马五大调有着广泛的群众基础,极盛时期,不论豪绅富户、文人雅士,还是农夫村姑、青壮稚子,无不爱听爱唱。仅马头一镇,就有十多个职业和业余演唱团体,演唱和伴奏骨干二百多人。每到年节,踩高跷、玩旱船、闹花灯等大多都要演唱"五大调"。阴雨天和农闲季节,爱好者们也会聚在一起,共同演唱,相互交流技艺。"五大调"是能够登上大雅之堂的"雅歌""正调",因此在祝寿庆生、嫁娶喜庆之时,也会专门邀请艺人或业余爱好者助兴,这有力地促进了郯马五大调的传播。

郯马五大调的主要流行地郯城县马头镇，曾是鲁南、苏北著名的经济文化重镇，北上京津，南达苏浙闽，甚至可以直达南洋吕宋诸岛。清代康乾盛世时期，晋商、豫商、徽商、冀商等纷至沓来，使之成为商业繁荣、人口众多的商贸重地。便利的水运交通条件，使马头镇聚合了众多外地商人、船工和江湖艺人，他们把"扬州清曲""南阳曲子"之类的唱曲，从江淮、南阳等地带到了郯城、马头一带，而且一经落地，就得到了各方人士的喜爱，由是，"淮调""满江红"等五大宫调，得以唱响古郯大地，并迅速向外地传播。

由此可见，郯马五大调并非土生土长于郯城和马头，也不是一时一地的产物，而是"传自四方，本土生根，精彩绽放"，是在文化交流、相互浸润的环境中形成和发展的。

2. 柳琴戏

拉魂腔婉转悠扬

柳琴戏因用柳叶琴伴奏，也称"柳琴书"，清末产生于山东省临沂、枣庄一带，形成于清代中叶以后，主要分布在山东、江苏、安徽、河南四省接壤交界地区。1953年正式定名为柳琴戏。2006年，柳琴戏入选第一批国家级非物质文化遗产名录，成为临沂传统戏剧类最具代表性的非遗项目。

柳琴戏的声腔音乐，最初起源于山东临沂地区广泛流行的"肘鼓子"（周姑子）、柳子戏（临沂称弦子戏）、花鼓和民

柳琴戏剧照

歌小调，又称"拉魂腔"。其曲调流畅活泼，节奏明快，并有
多种花腔，婉转悠扬。

　　柳琴戏在贫苦农民游食的过程中产生，也以游食的方式传
播开来，以兰山、郯城、苍山、费县等处最为兴盛。

　　柳琴戏的传统剧目十分丰富。就其题材来看，有清官戏、
杨家将戏、薛家将戏、爱情婚姻戏和生活故事小戏等，这类剧
目数量很多，常由"小生""小旦""小花脸"等角色扮演，
因此柳琴戏也被称为"三小戏"。此外，还有取材于章回小
说的连台本戏，以及数量不多的神话戏和武旦戏。另外还有近
二百个类似曲艺段子的独立唱段，称为"篇子"，每个"篇子"
唱一种景色，说一个道理，或叙述一段故事，多以一人台上唱、
多人幕后合的形式演出。

柳琴戏具有鲜明的艺术特色：

一是剧本与唱词。剧本通俗生动，包含大量俚俗语言，有的直白，有的诙谐，妙趣横生；唱词通俗易懂，常以口语入唱，格式以三字句、七字句和十字句为主，对韵律、平仄的要求并不严格。

二是声腔与板式。柳琴戏的声腔风格独特，以丰富多彩的花腔、别致的拖腔区别于其他剧种。女腔委婉华美，男腔朴实浑厚。在长期的演唱过程中，柳琴戏还形成了一些比较固定的唱法，特点鲜明，别的剧种很少见到。柳琴戏板式很不完备，仅有二行板、慢板、快板、散板等为数不多的板式，每种板式的旋律和节奏特点不太明显，基本上只依速度划分。

三是文场与武场。柳琴戏早期伴奏乐器，仿照柳子戏用大三弦，后仿照琵琶创制了柳叶琴，代替三弦成为主要伴奏乐器。柳琴戏早期只用一个梆子敲击节奏，后来在集镇打地摊演唱时，为吸引观众，演唱前敲击大锣或小锣，之后又演变为弹琴兼敲击大、小锣。

四是表演与服饰。柳琴戏的表演艺术经历了一个由简到繁、由粗疏到完备的过程，即从最初的一个人自弹自唱的"唱门子"，到两个人（一生一旦）对唱的"对子戏"，再到两人扮演众多人物的"抹帽子戏"，最后逐渐扩展为班社。

诞生于山野草泽，深受农夫村姑喜爱的柳琴戏，如今已搬上大舞台，深深植根于千百万民众的心底，具有蓬勃的生命力。

3. 龙灯·扛阁

双璧合一的民间舞蹈

"龙灯·扛阁"是一种源于山东临沂河东区九曲街道三官庙社区的民间广场舞蹈,它把"龙灯"与"扛阁"巧妙地结合在一起,使节目的内容和表演形式更为丰富多彩,深受观众喜爱。2010年,"龙灯·扛阁"被列入第三批国家级非物质文化遗产名录。

龙灯·扛阁约产生于一百七八十年前。当时,三官庙一带频繁遭受水旱灾害,民不聊生。官府仰仗不上,人力又抗拒不了天灾,百姓只得祈求神灵保佑。于是,村里便建起了一座规

龙灯·扛阁表演

模宏大的"三官庙",供奉道家尊奉的天官、地官、水官三位神仙。庙内四季香火不断,村民们虔诚地祈求"三官"为他们除厄赐福,保佑四季平安。

有一年大旱,村里和周边地区百姓相约到三官庙求雨。人们扎起一条硕大青龙,敲锣打鼓,狂舞起来,引得男女老少从四面八方赶来围观。为了更好地观看,许多人把孩子扛在肩上或举过头顶。据说,雨真的被求来了,旱情解除,庄稼获得了大丰收。从此村名也改成了"三官庙"。

因受肩扛托举孩子的启发,当地百姓制成了"扛阁",和青龙一同舞动。后来,人们又把民间故事"龙戏珠"的元素加了进来,增添了一个"擎珠人",于是龙灯·扛阁这一舞蹈形式就形成了。

龙灯·扛阁的艺术特色十分鲜明:首先,龙灯·扛阁把"龙灯"与"扛阁"有机结合在一起,使节目内容和形式更加丰富多彩,给人耳目一新的感觉。它既充溢着龙灯所具有的刚毅粗犷、热烈奔放的阳刚之气,又有扛阁所表现的美轮美奂的韵致,刚柔相济,极具观赏性。

其次,龙灯·扛阁表演套路丰富,精彩纷呈。舞龙者多由青少年担当,分为两组轮流登场。每组10人或14人,其中1人擎珠,其余人分执龙头、龙身、龙尾。8副扛阁,下扛是8名成年人,上扛是8名儿童,装扮成仙童、仙女或神话故事中的人物。表演时,擎珠人在前充当导引,大龙紧随其后。基本套路有速场、站龙翻腾、卧龙翻腾、泼龙、双窜龙、盘龙、龙盘柱等。扛阁的动作讲求扭、颤、摆。"扭"是基本步法,其着力点在膝部。"颤"指的是下扛要上下起伏，轻微颤动，以便带动上扛，产生轻松的跳动感。"摆"是指下扛要边走边左右摆动，以带动上扛的孩子两臂自然摆动。

最后，龙灯·扛阁所使用的道具，特别是大龙与众不同。别处舞龙使用的大龙一般为7节，长度多在20米左右，龙灯·扛阁使用的大龙为长度50米的青龙，舞龙者必须身躯强壮、臂力过人方能胜任。

龙灯·扛阁艺术风格独特，表演形式丰富精美，特别是"龙灯"与"扛阁"双璧合一，在当今民间舞蹈中独树一帜，引人瞩目。

4.郯城木旋玩具

樊氏祖传"耍货"

郯城木旋玩具，俗称"耍货"，本意是玩耍的东西，因其大多数部件需要在旋床上旋制而成，被称为"木旋玩具"，主要分布在临沂市郯城县塄上镇以樊埝村为中心的十多个村庄。2014年，郯城木旋玩具入选第四批国家级非物质文化遗产名录。

郯城木旋玩具产生于明代成化年间（1465—1487），已有六百多年的历史。《樊氏家谱》记载，樊氏七世祖樊木从江苏赣榆逃荒至沂河畔，遇到一位木匠，深受其赏识，被收为徒弟，授以木工手艺。他学习刻苦，认真钻研，几年后成为一名出色的木匠，后娶妻生子，落户于此。

樊木夫妇共有九个孩子。为了管教这些孩子，樊木夫妇颇

郯城木旋玩具

费心思。一日，心灵手巧的樊木用制作木器剩下的下脚料，随心所欲地制作了几个小巧的玩意儿，立刻受到孩子们的喜爱。他们争抢着玩耍，高兴极了。

孩子们玩得开心，乡邻的孩子们很是羡慕，都嚷着让家里的大人给做同样的玩具。大人们觉得做起来费时费力，而且水平也达不到樊木那么高，孩子们也不一定喜欢，于是便向樊木讨要。为了满足村民的需求，樊木利用手拉皮带使钻头转动的原理，制成了简易旋车，并逐渐摸索出一套制作木旋玩具的技艺，开始批量生产木旋玩具。天长日久，樊埝木旋玩具的名声便传开了。

樊木的孩子们受父亲的熏陶，从小对木旋玩具的制作感兴趣。他们在帮父母制作玩具时，耳濡目染，也都学会了制作木旋玩具的技艺，而且有什么新鲜的想法，也能融入这些玩具中。故而木旋玩具世代相传，历久弥新，深受百姓特别是孩子们的喜爱，成为人们厅堂里的装饰品，既增添了文化气息，又让生活更加丰富多彩。

郯城木旋玩具的种类繁多，有兵器、人物、动物、花篮、棒槌、车、鼓等十大系列、五百多个花色品种。其中，以棒棒人和燕车最具代表性，它们的制作技术，至今仍是制作木旋玩具的基本功。以火车、帆船、木偶人等为代表的木旋玩具则是艺人们根据时代发展和市场需求而创作的新品。

木旋玩具从玩耍形式上可划分为摇晃类、牵拉推动类、舞耍类、摆放类四类，制作主要有七个工艺流程：备料、下料、上车床、砂光、打底、二次砂光、彩绘。玩具的造型大多取材于民间故事传说，有着浓厚的乡土气息和地方特色。在图案设计上，既有儿童喜爱的花纹，又有成人视为吉祥如意的图案，兼具童稚之美、自然之美、人文之美，具有造型精巧、形象逼真、色彩艳丽、夸张传神等特点。

最传统的木旋玩具是棒棒人，一高一低，一般成对出售。高棒棒人为男子装束，头戴草帽，个子比较高，是典型的农人夏季劳作形象；矮棒棒人为女子装束，戴有头饰。棒棒人虽然没有手脚，给人的感觉却是完整的，高矮胖瘦悬殊，有诙谐之情趣。据说，高低棒人是由过去江湖术士帮人们求神问卜使用的一种削刻小木人"耳报神"演变而来，和日本人形玩偶极为相似，但比其早数百年，因而引起了日本学者和玩具收藏家的高度关注。小小棒棒人，已成为研究人类学、民俗学以及宗教信仰和文化交流的宝贵资料。

郯城木旋玩具制作技术在鲁南苏北地区被称为"一绝"，是当地乃至中原地区不可多得的优秀民间文化遗产之一。

5. 小郭泥塑
"塑"与"彩"的奇妙融合

小郭泥塑，也称苍山小郭泥塑，或苍山泥塑。兰陵县（原苍山）兴明乡小郭村，原名古洛王城，始建于明代洪武年间（1368—1398）。这里黑土地下一两米深处是生礓瓣土，呈黄色，捣碎成泥，晾干不易裂，得天独厚的自然资源为该村百姓挖黄泥、捏泥人提供了有利条件。2007年，苍山泥塑入选山东省非物质文化遗产名录。

小郭泥塑起源于清代咸丰年间（1851—1861），老艺人李宗标师从天津"泥人张"，后又学习无锡惠山泥人的艺术，掌握了雕塑神像和各种娃娃的技巧，是小郭泥塑的创始人。为了养家糊口，他利用当地的黄泥雕塑动物和玩具，到集市销售。当地一些寺院道观的神像，也大多出自他手，捏泥娃娃更是得心应手。尽管他的作品没有保留下来，但他的儿子、孙子和重孙都继承了捏泥人的技艺，成为泥玩艺人世家，在当地传为佳话。

旧时，泥玩艺人多是穷苦人家，为养家糊口，多在农忙期间趁早就晚，一家男女老幼齐上阵，挖黄泥，踩砸泥，泥模成

小郭泥塑传承

型，晒干后放置起来。到了冬闲，再涂上颜色制成成品，到集市或走街串巷出售。极盛时，枣庄、临沂、徐州、连云港等地的商贩纷纷前来购买，销售区域遍及鲁南苏北。遇到歉年，艺人们还带上制作工具及颜料，到天津、南京、丹阳、开封、洛阳以及河北等地，就地取材捏制泥人销售，泥塑成为活命的手段。有民谣描述了当年小郭村的艺人们背井离乡、四方叫卖的情景："小郭挖泥做孩忙，背井离乡卖泥郎。大江南北都走遍，泥娃哭声响四方。"

小郭泥塑作为老百姓养家糊口的小本生意，先是一家一户制作，后经许多泥玩艺人的不断创新，发展成为独具地方特色的民间艺术。泥塑作品从过去的单调样式，发展为丰富多彩、生动形象、具有珍藏价值的艺术观赏品。小郭泥塑题材广泛，花色品种繁多。既有戏曲人物、仙佛神像，也有飞禽走兽、果蔬食品等，共一百多个品种。塑品造型完整统一，夸张传神，简洁而不粗俗，深受百姓喜爱。

小郭村的礓瓣土，可塑性强，可塑捏成各种形体，但牢固性较差，容易断裂。为了规避这个缺陷，艺人们大胆采用了压缩人体比例，简化四肢，让泥人横向夸张等方法，出人意料地造成了一种既富于浪漫色彩，又极具现代气息的艺术效果。例如鬏髻娃娃，往往夸大头部，做成肥头大耳，头几乎和身子等高，表现了儿童天真无邪的稚气。由于"压"得巧妙，"简"得得当，"不似之似"让人感到比写实的人体更为耐看。

小郭泥塑的制作主要分为两大工序：第一道工序是泥塑（泥模）的成型，第二道工序是泥塑（泥模）上色。泥塑的成型有三种方法：手工捏塑、模具压印、半捏半印，其中模具压印是用泥巴在模具上压印出来的泥塑，又称压模泥塑，多用于批量生产，一般需要经过十几道工序：做模型、取泥、泡泥、和泥、踩泥、做坯、合坯、做哨、安哨、脱坯、修光、打孔、修饰、晾坯、制粉、粉坯、上色，尤其是上色环节，追求单纯、概括和悦目，既省工省料，又适合流水作业。制作过程讲究"意到笔到"，往往是一笔出彩，很少重复，达到见笔见色的艺术效果。

绚丽多彩的小郭泥塑是劳动人民艺术想象力和创造力的结晶，也是沂蒙地区典型的民俗文化实物，至今仍然散发着独有的艺术魅力。

6. 临沭柳编

柳条与艺术的完美契合

临沭柳编是主要产自临沂市临沭县的地方传统手工艺品，在临沭县已有一千四百年的传承历史，集实用性和艺术性于一体，实现了柳条与艺术的完美融合，是中国国家地理标志农产品。2021年，临沭柳编入选第五批国家级非物质文化遗产名录，也是临沂传统技艺类最具代表性的非遗项目。

《续修临沂县志》记载："隋朝末年，柳、马、凌三姓来此以编柳为生。"这可以视为临沭柳编的历史源头。到了明朝永乐年间，柳编制品已经在青云等地村民的日常生活中发挥着重要作用，如装物品用的笸子、作为炊具的笊篱、储粮藏物用的箱篓、扬米去糠用的簸箕、喜庆和计量用的斗、升等工具。

临沂传统柳编主要分布在适宜白柳栽植、生长的临沭、莒南、郯城等县和罗庄区、河东区一带。这一带地势平坦，土地沙碱参半，水浇条件较为便利。当地百姓靠此技艺维持生计，古有"编筐打柳，养家糊口"之说。

临沭柳编现代作品

在今天的临沭县青云镇柳庄村有一个

关于临沭柳编的美丽传说。相传很早以前，柳庄村的柳毅与小龙女成婚后住在沭河岸边。离开龙宫之前，老龙王送给柳毅一个净瓶，里面插着柳枝，让他们夫妻到凡间遍插柳条造福百姓。柳毅夫妇来到凡间，每天用柳枝蘸着瓶子里的水在地上种柳树，不久沭河岸边的河滩上出现了一片茂密的柳林。后来他们的女儿出生了，孩子日夜啼哭，夫妻二人在沭河边的柳荫下哄孩子。小龙女折柳编筐将女儿放进去，孩子竟然立刻停止哭闹，世人称这种柳筐为"泼儿筐"。此后夫妻二人以编织"泼儿筐"为生，并将技艺传给四邻。时人感念柳毅夫妻二人的授艺之恩，遂建起"柳毅庙"，又称"龙神老爷庙"。现在每年的农历三月初三仍是临沭县青云镇柳庄村举办柳老爷庙会的日子，对于沭河两岸的百姓来说，这个庙会的重要程度仅次于春节。庙会期间，人们前来祭拜"柳毅庙"里的柳老爷、柳奶奶和雹子老爷，并进行柳编制品的交易。

小龙女用"泼儿筐"哄娃自是民间传说，但直到今天，当地人在女儿出嫁前都要用新白柳条，为出嫁的女儿编一对银盆似的"泼儿筐"、团圆筐作为嫁妆——用白柳编制的"泼儿筐"、团圆筐作为孩子的摇篮，寓意着出生的孩子泼辣结实。

临沭柳编工艺精湛，技法繁多，大致分为选料、上色、浸泡、编织、熏蒸、晾晒、刷漆等七个流程。近几年，已被列入国家非物质文化遗产和国家地理标志产品的临沭柳编，早已超越了以往的简单生产、自用自足或小范围的交换形态，由花样单一的筐、篓、篮等纯实用功能形态，逐渐发展成集装饰、环保、观赏和实用为一体的以家居装饰、园艺绿化、艺术收藏等精神需求为主体的工艺品。

目前，作为"中国杞柳之乡""中国柳编之都"，临沭县已成了柳篮、柳筐、仿古筐、宠物筐、水果筐等柳编产品，以及草柳、木柳、布柳、铁柳等混编产品共一百多个系列一万多个花色品种的工艺美术产品的生产基地，百分之八十的柳编产品外销到世界一百二十多个国家和地区。

7. 郯城中国结

心似双丝网，中有千千结

"心似双丝网，中有千千结"是北宋著名词人张先的名句，意思是说多情的心就像那双丝网，中间有千千万万个结，借用来描述中国结十分恰当。

中国结是中国特有的民间手工编结艺术，以其独特的东方神韵，展现了中华民族特有的生活情致与智慧。因其外观精致对称，颜色吉祥，寓意平安幸福、吉庆团结等，能够表达吉庆有余、福寿双全、双喜临门、吉祥如意、一帆风顺等美好祝福，符合中国人的信仰习惯和审美观念，因此被命名为中国结。

中国结最早起源于旧石器时代的缝衣打结。先秦时期，中国结与佩玉一起作为装饰品出现。到了清代，中国结成为民间广泛流行的艺术作品。现代社会，人们经常用中国结进行室内装饰和馈赠亲友。2012 年，"神舟十号"航天员找到了"天宫一号"航天员留给他们的神秘礼物———枚红色的中国结，这枚中国结与五星红旗一起升入太空，再次引起了世人的关注。

郯城中国结作品

　　在中国传统文化中，"结"是一个充满情感的词汇，具有联系、结合之意，象征着亲密、和谐和温暖。由于中国结是用一根彩色丝线编结而成，因而古人喜欢用结饰表达期盼或相爱的情愫。《诗经》中云，"亲结其缡，九十其仪"，母亲亲手为出嫁的女儿系结配巾，表达母亲对女儿新生活的殷殷期盼；"竹林七贤"之一刘伶的诗中写道："梦君结同心，比翼游北林"；梁武帝的诗中有"腰间双绮带，梦为同心结"；唐朝乐曲中有"同心结"的词牌名。可见，同心结在人们表达相亲相爱之情方面具有特殊意义。

20世纪80年代，郯城县红花镇的中国结编织技艺脱颖而出，在结艺界独树一帜，被称为郯城中国结。2021年，郯城中国结入选山东省非物质文化遗产名录。

中国结的编结技术可分为绾、结、穿、缠、绕、编、抽、挑、压等多种技法。编制流程包括备料、挂线、编织、下模、调整、整形、定形、组装等八个步骤。结饰技法大致可以分为基本结、变化结及组合结三大类，具体包括梅花结、蜻蜓结、生姜结、圆织锦结、盘扣结、水手哨结、双连结、十字结、平结、盘长结、庙宇结、黄花结等十几种。

从古典文学作品中表达男女缠绵情思的同心结，到今天展示红红火火吉祥如意的中国结，中国的编织结艺技艺由传统走向现代，由姑娘的闺中手工技艺发展成带动乡村振兴的大产业。郯城中国结紧跟时代发展步伐，由分散的家庭作坊式生产逐渐形成产业集群，郯城中国结的手艺人凭借智慧、技艺和对美好生活的向往，编织出了发家致富的幸福结。目前，郯城中国结有六百多个花色品种，销售点遍布全国七十多个大中小城市，还通过电商直播等方式，将产品远销至美国、韩国、日本、东南亚等地。

8. 沂蒙手绣

针尖上的艺术

沂蒙手绣是具有浓郁沂蒙特色的民间艺术瑰宝，多运用大红、大绿、金黄、亮蓝、粉、黑等鲜艳色彩，配以吉祥图案，制作成表达特殊寓意的日用品。手绣作品多为荷包、虎头帽、虎头鞋、包、枕头等，它们色彩鲜艳、造型拙朴、针脚匀实，蕴含着浓浓的沂蒙风情，表达出人们对美好生活的祝福和向往。费县手绣和沂水高桥手绣是沂蒙手绣的代表，极具沂蒙民俗文化特色。

费县手绣是山东省级非物质文化遗产项目，作品以质朴的

高桥手绣

棉麻质地为主，与江南的丝质绣品大为不同。传统的刺绣针法讲究"平、齐、细、密、和、光、匀、顺"，现在的立体绣、撮针绣等创新针法使手绣作品更加生动形象、栩栩如生。除了在针法上的创新，费县手绣在保持传统制作的基础上，还融入了珠串、掐丝珐琅、流苏等时尚配饰和元素，设计出钥匙扣、手机链、汽车挂饰等新产品，更符合现代人的审美情趣和生活需要。有些手绣作品中还加入白芷、辛夷、丁香等中草药，使之具有保健功效，进一步增加了实用价值。

高桥手绣最早出现于清乾隆初年的高桥沭水南岭村，至今已有二百八十余年历史。2021 年，沂水县高桥手绣入选第五批国家级非物质文化遗产代表性项目名录。高桥手绣作品一般以丝绸或棉布为主体，以五彩丝线采用多种针法绣制而成。其工艺流程主要包括刻版、粘布、描花样、绣花、缝边、填充、上穗等七道基本工序。从乾隆年间开始，高桥手绣就深受好评，在民间广泛流行。到了民国时期，高桥手绣技艺已日臻成熟完善，作品种类繁多。因高桥手绣作品生活气息浓厚，造型栩栩如生，"远近婚嫁皆慕名来购"，手绣产业曾一度兴盛，远近闻名。农闲时节，高桥乡"家家忙手绣，户户闻歌声"。

现在，沂蒙传统手绣作品在新时代重新焕发出了生机和活力，经过创新设计、加入时尚元素的费县手绣和沂水高桥手绣已经成为"山东手造"的潮品，广受现代人喜爱。

9. 彩印花布

生活与艺术的结合体

山东彩印花布源于秦汉，兴盛于宋元，明清、民国时期在临沂广泛流行，印染作坊遍布各个县城小镇。

临沂的彩印花布，民间俗称"花包袱""包袱皮""五彩花布"。2016 年，彩印花布印染技艺入选第四批山东省非物质文化遗产名录。

临沂彩印花布的精彩之处在于色彩的大俗大雅，多采用大红、桃红、绿色、亮黄色和紫色等鲜艳颜色套印。民间有俗语形容彩印花布的绚丽多彩："鹅黄鸭绿鸡冠紫，鹭白鸦青鹤顶红。"彩印花布因其色彩鲜艳、寓意吉祥美好，成为民间婚嫁迎娶的必备品，用"包袱皮"来包裹东西，寓意"包住福气"。

临沂彩印花布的图案大多以老百姓喜闻乐见的牡丹、龙凤、荷花、金鱼等吉祥物为题材，这些图案构图饱满、色彩艳丽、对比强烈、质朴豪放，展现了浓厚的乡土气息和艺术特色。

沂蒙民间吉祥文化中的经典图案在彩印花布上都有所体现。例如取连年有余之意的鱼穿莲，寓意四季喜庆、多子多福的四喜石榴，意在辟邪祈福、长命百岁、四季平安的五毒图，寓意夫妻比翼双飞的凤穿牡丹等，都表达着沂蒙民众对美好生活的无限憧憬。

彩印花布印染制作过程较为复杂，作为重要的谋生手段，其套印技艺一般在家族内代代相传。

传统的临沂彩印花布大多采用多版镂空纸版印花法，工艺

临沂彩印花布

流程较为复杂和特殊，一般分为打版、画版、刻版、熬油、调色、染布等六道工序。首先要选取用桑皮纸及柿漆（即柿果捣碎后浸出的汁，多用作防腐和防湿）制作的"油纸版"，这叫"打版"。接下来是画版，用铅笔绘成所需图案，然后依照绘制的图案刻版。刻版是制作彩印花布的关键步骤，用到的刻版工具有不同形状的刀具及锥子、尺子、砧木等几十种。艺人用自制刻刀进行镂刻，采用不同手法，包括刻面、刻线、刻点等。刻面主要采用断刀的刀法，来表现大块图案；刻线要刻得流畅、通顺；刻点也是用自制的工具筒刀，点一般在图案中起装饰作用。熬制桐油是工艺比较烦琐的一步，火候完全凭经验控制。

调色使用的染料多为矿物染料和植物染料，因此染出的颜色非常鲜艳，且经久耐用。为增强颜色的稳定性，通常会在调色过程中加入适量的熬制水胶。

彩印花布图案多由大红、品红、玫红、品绿、姜黄和紫色等多种颜色组合而成，每种颜色都需要一张单独的版，所以每个彩印花布的图案都有四到六张版。颜色越复杂，刻版的工序也就越繁复。染布的过程要注意颜色的先后，一般顺序是：第一层绿，第二层桃红，第三层黄绿，第四层大红。第一、二层颜色的顺序不能乱，因为绿色是整个图案的轮廓，有定稿的作用。彩印花布的图案、主题和色彩都凝聚着沂蒙山区悠久的历史文化、独特的风土人情和沂蒙人民的审美情趣与社会生活的方方面面，寄托了广大群众对美好生活的向往，是沂蒙山区民间艺术中的璀璨明珠。

随着时代的发展，彩印花布已经从用于婚嫁、祝寿、走亲访友等喜庆场合包裹物品的实用品，演变成了具有浓厚乡土气息的艺术品。

10. 兰陵美酒

名扬古今中外

兰陵酒历史悠久，在商代甲骨文中就有"鬯其酒"的记载，在兰陵附近出土的商代酒器上刻有"鬯"字。两汉时期，兰陵酒已成贡品。至唐代，兰陵酒的制作工艺已经非常完善，除了贡奉皇宫，还远销江南。2009 年，兰陵美酒传统酿造技艺被

列入山东省第二批省级非物质文化遗产名录。

兰陵美酒出自兰陵古镇。兰陵古镇独特的地理位置和丰富的农产品，使酿酒业有了交通便利和原料丰富的优势；兰陵高含锶的碱水型水质，为兰陵酒成为酒中佳酿奠定了基础。

兰陵美酒的主要原料是优质黍米、小麦和贮存期较长的中温曲，其中以当年的新黍为佳。酿制工具包括细筛、大铁锅、木耙、大木箱、铁铲、木制锡皮糖化箱、大型中口瓷质缸（发酵用）、大型细口瓷质缸（澄清用）、抽子等。酿制流程包括碾米、淘洗、煮米、凉饭糖化、下缸加酒、封缸贮存、起酒、澄清贮存、勾兑、煎酒、封缸储存等十一道工序。重酿工艺使兰陵酒酒色清亮透明，具有自然生成的琥珀光泽，并保留了原料的天然黍米香气，其独特的酿制工艺迄今仍具有较高的科学价值。

历史上，兰陵美酒大放异彩、声名远播，与众多历史名人有关。诗人李白痛饮兰陵美酒后，酒酣灵感迸发，写下了著名诗篇《客中作》："兰陵美酒郁金香，玉碗盛来琥珀光。但使主人能醉客，不知何处是他乡。"宋代著名书法家米芾有一副名联，上联为"阳羡春茶瑶草碧"，下联是"兰陵美酒郁金香"。对联将阳羡茶与兰陵酒并提，可见当时兰陵酒是与阳羡茶齐名的上乘饮品。唐伯虎的画名满天下，求他一幅画却很不容易，但可以用美酒易画。当时有一句民谣说："欲得伯虎画一幅，须费兰陵酒千钟。"明代著名文学家李攀龙亦酷爱兰陵美酒，留有"兰陵美酒日长携，赵女秦筝玉柱低。为问游梁何所作，平台左史醉如泥"的诗句。李时珍认为兰陵酒常饮与入药俱良。当然，有些历史名人提到的兰陵美酒可能是南兰陵出产的美酒。

兰陵美酒不但名扬古今，也蜚声海内外。1915 年，兰陵美酒在旧金山的"巴拿马太平洋万国赛会"获得金质奖，从此步入世界名酒之林。周恩来总理和朱德委员长对兰陵美酒的推介，更加提升了其国际知名度和美誉度。周恩来总理在率团参加日内瓦会议期间，把兰陵酒作为"国酒"带到宴会上招待与会各国首脑。朱德委员长还特别指示改进酒的包装："兰陵酒还用原来的陶瓷瓶，把李白的诗句写在上面，加上中外文说明，就可以大量出口。"

今天，承载着丰厚历史文化的兰陵美酒，继续传承着千年的酿制技艺，并不断向前发展。

11. 沂水桑皮纸

古老的书法绘画佳品

桑皮纸，古称皮纸、汉皮纸，诞生于初唐，被誉为造纸业的"活化石"。清朝康熙元年（1662），沂水李家靠制造桑皮纸维持生计，至今已有三百多年的历史，享誉齐鲁大地。2021年，沂水桑皮纸制作技艺被列入山东省非物质文化遗产代表性项目名录；2022年，入选"山东手造·优选100"。

沂水桑皮纸制作过程复杂，工序操作严格，通过泡制、锅蒸、墩砸、刀割等工序，经纯手工竹帘抄捞制成，有七十二道工艺流程。一捆捆干枯的桑树皮，需要经过纸匠师傅七十二道工艺流程精心打磨，从剥皮到出成品纸前后需要三个月的时间，整个工艺流程均由手工操作，现代机械技术难以替代，是极其珍贵的历史文化遗产。

沂水桑皮纸呈天然乳白色，纸质细密，光而不滑，纹理纯净，耐磨损，耐折叠，纤维细长，拉力大，无毒无味，防腐防蛀，吸水性强，着墨不褪色。用桑皮纸绘画和写书法作品耐储存、不变色、不怕折叠，储存年代久远，装裱后有明显的立体感和丝质感，具有较高收藏价值。

2012年，沂水县成立了沂水墨林非遗桑皮纸有限公司。该公司除了设立生产区、非遗展馆和体验区以外，还挂牌成立了非物质文化遗产文化传承培训基地，形成了"桑树种植—养蚕产业—桑茶生产—桑葚采摘—桑皮纸制作教学—桑皮纸成品展览—非物质文化遗产教学基地"的产业链。

12. 惟一斋八宝豆豉

费孝通赞誉的临沂名产

八宝豆豉简称豆豉，以其醇厚清香、味美色鲜、去腻爽口而闻名遐迩，是临沂市独具特色的名特产品之一。著名社会学家、人类学家、民族学家费孝通先生对八宝豆豉给予高度赞誉："齐鲁名产，醇厚清香。"

豆豉的生产在中国有悠久的历史。秦汉时期就有豆豉，北魏贾思勰的《齐民要术》中载有豆豉的做法，明代李时珍《本草纲目》谷部中也有关于豆豉的记载。八宝豆豉在临沂的生产始于清朝道光年间，迄今已有二百年左右的历史。

相传，道光年间，沂州府的垛庄（今蒙阴县境内）有位老妈妈，智慧过人，以大黑豆、茄子和香油为主要原料，腌制出

八宝豆豉

了味美可口的酱菜，取名为豆豉。垛庄的一位酱园师傅彭三，从她那里学到了制作豆豉的技艺。后来，临沂城内的"惟一斋"酱园聘请彭师傅到该园制作豆豉。"惟一斋"的老板姓王，是个哑巴，但他善于钻研，听说独树头崔家和大店庄家有类似制品，风味独特，便先后将这些配方和技艺搜集起来。王家还有位亲戚在外地做官，得到一种好吃的豆豉样品，也送给了王老板。"惟一斋"酱园将收集到的各地制作豆豉的技艺和配方，在实践中不断研究改进，扬各家之长，终于研制出了独具一格的临沂风味豆豉——八宝豆豉。

"惟一斋"酱园的豆豉，用大黑豆、茄子、鲜姜、杏仁、鲜花椒、紫苏叶、香油、白酒八种原料酿制而成，故名"八宝豆豉"。其中，大黑豆具有温中健脾的作用，茄子有益气补肾的功能，鲜姜可以开胃止呕，杏仁宣肺止咳，紫苏叶宽中降逆，鲜花椒温里散寒，香油滋补润燥，白酒舒筋活络。因此，中医认为，八宝豆豉具有开胃清食、宣肺理气、降逆止呕、化痰利窍等功效，对人体大有裨益。

八宝豆豉制作工艺精细，采用天然制曲，跨年度生产。在第一年茄子收获季节配料装坛，自然露天发酵十至十二个月，到第二年方可酿成佳品。开坛后香气四溢，豆粒光泽黑亮，软硬适中，具有豆豉的特有香气。如今，"惟一斋"酱园通过调整配方和人工控制豆豉发酵温度，使豆豉发酵周期缩短为六个月，产量大幅度提高，同时保持了原有的风味。

八宝豆豉的制作过程主要有主料加工、辅料加工、原料调拌配制、装坛封闭、发酵成品五个环节。八宝豆豉的配料及加工还有一些注意事项,如使用原度白酒不可因酒度数高而掺水,否则易发霉变质;坛口必须密封,否则,会因透气霉烂变质;露天发酵的坛子不能直立,防止雨淋和暴晒。加工好的豆豉成品感官标准为:豆粒明显,光泽黑亮,不霉不粘,不结块;味道清香爽口,微咸,具有豆豉特有香气,无其他异味。

临沂八宝豆豉的独特之处在于有汤汁,因此吃法很多,可以直接食用,也可以与大葱、青椒、萝卜等蔬菜凉拌,还可以用作调料,比如用八宝豆豉做的豆豉鱼、豆豉火腿、豆豉肉丝、豆豉鸡蛋等都深受人们的喜爱。临沂八宝豆豉色泽晶莹、香味独特,含有丰富的蛋白质、维生素、谷氨酸、赖氨酸、天门冬素等营养成分,又具有温中健脾、益气补肾、滋补润燥、舒筋活络等保健功能,中老年人食用更佳。

13. 沂州糁

历久弥新的沂蒙味道

临沂人的清晨,是从一碗热腾腾的糁(sá)开始的。

闻名遐迩的临沂小吃——糁,是用禽畜肉类、麦米、葱、盐、面粉、酱油、胡椒粉、味精、五香粉、香油、醋等多种食材调制而成的一种肉羹。2015 年,临沂糁的制作技艺入选山东省第三批省级非物质文化遗产代表性项目名录,成为临沂美食类最具代表性的非遗项目。

临沂人喝糁不仅讲究早,还讲究"热、辣、香、肥",俗称糁之四美。其中"热"是关键,不热,就无从突出香、辣、肥等特点了。所以俗话说："开锅糁，刷缸粥"。一碗热糁，再配以油条、烤牌、马蹄烧饼、油瓢锅饼等临沂地方特色面食，就成为一份理想的早餐。

临沂糁的历史悠久。《墨子》载："孔子穷于陈蔡之间，藜羹不糁。"这里的糁即糁。《庄子》和《荀子》也都有类似记载："七日不火食，藜羹不糁（糁）。"《周礼》载："羞豆之实，配食糁食。取牛羊豕之肉，三如一，小切之。与稻米二，肉一，合以为饵，煎之。"宋代苏东坡诗云："香似龙涎仍酽白，味如牛乳更全清。莫将南海金齑脍，轻比东坡玉糁羹。"清康熙年间编纂的《沂州志》记载了十六种祭品，其中就有"糁食"。可见糁的历史源远流长。

关于临沂糁的来历的故事很多，流传最广的有两种说法。一说东晋时期，有一对穷困潦倒的外地夫妇逃荒来到沂州，王羲之看到他们非常可怜，就经常接济他们。有一天，王羲之病了，夫妇二人把家中唯一的下蛋母鸡杀了煲汤，并在汤里加了一些小米和驱寒的中草药。没想到负责看火的丈夫睡着了，一锅鸡汤煮成了黑糊糊。妻子虽然生气，可家里又没有其他东西，只好把煮"糊"的鸡汤送给了王羲之。王羲之喝过之后，病竟然好了大半，一时兴起，写下"米参"二字。后来，人们就把"米参"合二为一，称作"糁"了。这显然是附会名人之说。另一说法与乾隆皇帝有关。当年乾隆下江南时，曾驻足郯城马头，官员把这种味道独特的早餐献了上来，乾隆帝随口问了一句："这是啥？"地方官员忙点头："这是啥（糁），这是啥（糁）。"于是，天子的随口一问就成了它现在的名字——糁。

《临沂县志》记载，糁是明朝末年临沂人创造的，几经演变，逐步形成了具有独特风格的沂州名吃。

现在临沂人做糁，一般是头一天选料，夜里熬汤，次日清晨才成糁。做糁用的锅比普通锅大几倍，最大的区别就是它有颈，即在锅的上方用不锈钢圈出一个高五十厘米的"脖子"，据说这是为了防止跑香味。有的糁铺将制作工艺进行了简化：取带骨的肉类久煮，肉熟后将其剔除备用，骨再煮一段时间剔除，并撇去骨汤内的油脂，这个过程称为吊汤。然后在汤内加入麦米、面粉等食料，呈稀粥状，加入胡椒粉、食盐等佐料，即可制成糁坯。其实，糁的灵魂主要在汤上，许多糁铺都是世代相传，汤料都是百年老汤，可谓老汤里面加新汤，"汤汤不息"。做糁用的锅盖要用柏木做，煮汤的柴火也要用果树木，只有这样，才能做出原汁原味的临沂糁来。

糁不仅味美可口、营养丰富，还因加入了砂仁、公丁香、陈皮、肉桂、紫豆（去皮）、八角茴、小茴、玉果、广桂、白芷、良姜、花椒等多种中药材，具有祛风驱寒、开食健胃、利尿、止呕、怡情爽神之功效，对健康大有裨益。

14. 沂蒙煎饼
"无所不卷"的临沂主食

煎饼是沂蒙地区民间传统家常主食，也是久负盛名的临沂地方土特产品，素有"一张煎饼卷天下"之说。

沂蒙煎饼多用粗粮或细粮磨成面糊摊烙而成，一般为圆形，疏松多孔，水分少，较干燥，形态似牛皮，可厚可薄，口感筋道，食后耐饥饿。

"煎饼卷大葱"是沂蒙人特有的饮食习俗。根据蒲松龄《煎饼赋》的说法，煎饼起源于北齐时期，至今至少有一千四百年历史。

传统的煎饼制作过程包括磨制面糊、架设鏊子、摊制或滚制，所以手工制煎饼往往是一次大量制作，然后长期存放食用。

关于沂蒙煎饼的起源，有一个流传很广的传说。相传很久以前，在蒙山望海楼下住着田壮和巧珍夫妇，男耕女织，日子过得舒心自在。耕作之余，田壮勤学苦读，成了远近闻名的土秀才，十里八乡的大事小情，家家都请田壮帮忙。谁家有了冤屈，田壮都会主动帮助写诉状、打官司，因此得罪了当地恶霸，被关进大牢。狱卒告诉巧珍："只准送笔墨纸张，不准送饭！"丈夫在牢房挨饿，巧珍疼在心上。一日夜里，巧珍在梦中恍惚听见蒙山娘娘对她说："巧珍，别犯难，你把小麦磨成糊，摊成饼，用大葱作笔，豆酱当墨，还愁你的夫君没饭吃？"醒来后，巧珍如法炮制，带着"笔墨纸张"去探监。出狱后，田壮发愤苦读，背着煎饼进京赶考，一举考上了状元，因此煎饼又被称为"状元饼"。善良的巧珍为报答蒙山娘娘的恩德，把煎饼的制作方法教给了周围乡亲，煎饼遂在八百里沂蒙流传开来，巧珍被沂蒙山人供奉为"煎饼老奶奶"。

另一个关于煎饼起源的传说与沂蒙名人诸葛亮有关。传说诸葛亮带兵被围，锅灶尽失，将士饥饿困乏。情急之下，诸葛亮便让士兵将玉米面制成面糊，倒在烧热的铜锣上，再用木棍摊平，竟然烙出了香喷喷的薄饼。将士们食后精神振奋，一举杀出重围。由此，沂蒙人学会了煎饼的烙制方法。

沂蒙煎饼种类繁多，薄如纸，软似缎，吃起来清香甘甜，回味悠长。制作煎饼的原料有麦子、玉米、小米、高粱和地瓜干等。因原料不同，煎饼的颜色也不同。大米、麦子煎饼呈浮白色，小米、玉米、谷子煎饼呈淡黄色，地瓜干、高粱煎饼呈浅棕色。煎饼非常便于存放，晾干后可存放半月到一个月之久而不变质，出门携带也很方便。煎饼多由粗粮制作，富含蛋白质、脂肪、碳水化合物、维生素等，营养十分丰富，常吃煎饼可以促进肠胃蠕动，有益肠胃健康；煎饼筋道耐嚼，常吃煎饼对牙齿也有益处。由于食用煎饼需要较长时间的咀嚼，因而可生津健胃，促进食欲，促进面部神经运动，有益于保持视觉、听觉和嗅觉神经的健康，延缓衰老。

煎饼的口味多种多样，有酸煎饼、柿子煎饼、酥煎饼、糖酥煎饼、咸辣煎饼等。有的地方在摊制煎饼的过程中加一些配料，如蔬菜、鸡蛋等，也有的在煎饼外涂番茄酱，这种煎饼一般做完后需要立即食用，不能久存。此外，煎饼还有一些衍生食品，如菜煎饼、煎饼合子、煎饼馃子、一品酥

蒙阴煎饼花

脆煎饼、煎饼蛋挞等。比如，烙制煎饼时，用韭菜加鸡蛋（或豆腐）调好馅，夹在两张煎饼之间，在鏊子上烙熟，叫煎饼合子，又叫摊煎饼，香酥可口，如今已成了临沂的地方名吃。

沂蒙煎饼最具特色的吃法是把各种菜卷在里面吃，称为"就菜"。可卷入煎饼里的食物种类很多，包括肉、蛋、蔬菜，以及各种腌制品。旧社会，穷人吃煎饼卷肉是一种享受，俗话说："煎饼卷猪肉，吃着没有够。"用鸡蛋炒辣椒（或香椿）也算上等"就菜"，也有口头禅说："煎饼卷鸡蛋，吃得直出汗。"上学的孩子也有句趣话："麦子煎饼卷鸡蛋，不给俺吃俺不念。"还有地方民谣："吃煎饼，一张张，孬好粮食都出香。省工夫，省柴粮，过家之道第一桩。又卷渣腐又抿酱，个个吃得胖又壮。"还有一句地方民谚："煎饼卷辣椒，越吃越添膘。"还有煎饼卷大葱虾皮、辣椒豆腐、腌香椿等，只要有辣咸相配的就菜就好，俗话说："待要解馋，大辣大咸。"煎饼最有特色的普通就菜是"渣豆腐"和大葱。渣豆腐也是沂蒙地区的地方小吃，即把白菜叶、萝卜缨、野菜、地瓜秧等洗净剁细，加点豆面和盐，用水焖煮后即可食用。煎饼卷渣豆腐，再放上点辣椒面，是贫苦农民填饱肚子的最好饭食。过去农忙时，没有时间炒菜，煎饼卷大葱和甜面酱是最省事省时的食物。

在革命战争年代，沂蒙人民拥军支前的工作之一就是摊煎饼。大人摊，孩子摊；家家摊，户户摊；白天摊，夜里摊，日日不停，夜夜不歇。煎饼里饱含着沂蒙人民对人民军队深深的爱，是"党群同心、军民情深、水乳交融、生死与共"沂蒙精神的真实写照。

随着时代的发展，传统煎饼展现出新形象，集颜值、营养、创意、价值于一身的煎饼花，一经推向市场，便惊艳了大众。煎饼花既保留了传统煎饼的营养和美味，又提升了产品附加值，小小煎饼卷出山东手造大文章。目前，已经成为展现沂蒙人创意创业的新兴产业。

参考文献

[1] 《二十五史》，上海古籍出版社、上海书店 1986年版。

[2] 〔三国〕诸葛亮著：《诸葛亮集》，中华书局 1960年版。

[3] 《沂州府志》，清道光七年（1827）修。

[4] 《临沂县志》，清光绪二十二年（1896）修。

[5] 庄陔兰纂：《重修莒志》，莒县新成印务局 1936年版。

[6] 〔唐〕李白著：《李太白集》，中华书局 1957 年版。

[7] 〔唐〕杜甫著：《杜工部集》，中华书局 1962 年版。

[8] 《颜真卿志》编纂委员会编：《颜真卿志》，山东人民出版社 1998 年版。

[9] 刘师培著：《中国中古文学史》，人民文学出版社 1959 年版。

[10] 王仲荦著：《魏晋南北朝史》，上海人民出版社 1979 年版。

[11] 南京博物院、山东省文物管理处编：《沂南古画像石墓发掘报告》，文化部文物管理局 1956 年版。

[12] 临沂市博物馆编：《临沂汉画像石》，山东美术出版社 2002 年版。

[13] 银雀山汉墓竹简整理小组编：《银雀山汉墓竹简·孙子兵法》，文物出版社 1976 年版。

[14] 王瑞功主编：《曾子志》，山东人民出版社 2001 年版。

[15] 王瑞功主编：《诸葛亮研究集成》，齐鲁书社 1997 年版。

[16] 陈少梅绘：《二十四孝图》，天津人民美术出版社 2005 年版。

[17] 山东省地方史志编纂委员会编：《山东省志·文化志》，山东人民出版社 1995 年版。

[18] 临沂市地方史志编纂委员会编：《临沂地区志》，中华书局 2001 年版。

[19] 山东省出版总社临沂办事处编：《临沂风物志》，山东人民出版社 1985 年版。

[20] 王文章主编：《非物质文化遗产概论》，文化艺术出版社 2006 年版。

[21] 张学海著：《论四十年来山东先秦考古的基本收获》，载《海岱考古·第一辑》，山东大学出版社 1989 年版。

[22] 孟宪海主编，汲广运学术主编：《临沂文化通览》，山东人民出版社 2012 年版。

[23] 王志民主编：《山东省历史文化遗址调查与保护研究报告》，齐鲁书社 2008 年版。

后　记

　　《丛书》（下编）的编纂，是在中共山东省委宣传部直接领导下完成的。省委常委、宣传部部长白玉刚同志统筹策划部署，并担任编委会主任，多次主持召开编委会会议，提出明确目标要求和指导意见。省委宣传部分管日常工作的副部长、省文明办主任、省新闻办主任袭艳春同志对本书的立项出版、风格设计等方面提出了许多宝贵意见。在魏长民、毕司东、程守田、张同海、冷兴邦等同志的大力指导支持下，以教育部人文社科重点研究基地山东师范大学齐鲁文化研究院为学术挂靠单位，组建了《丛书》编纂学术委员会，具体负责编纂学术指导、质量把关、终审定稿工作。山东师范大学特聘资深教授王志民任主任，山东大学儒学高等研究院教授杨朝明、中共山东省委党史研究院原一级巡视员韩延明、鲁东大学原副校长刘焕阳、山东齐鲁师范学院原副院长刘德增任副主任。

　　《丛书》（下编）为每市一卷共16卷，都列为山东省社科规划一般项目。在省委宣传部统一领导下，各市委宣传部负责本市卷的具体组织编纂工作。《丛书》编纂学术委员会制定了统一的《编撰体例》《编撰指导意见》；在主任全面负责下，分为4个片区，各由一名副主任作为首席专家具体指导，杨朝明教授：淄博、泰安、济宁、枣庄；韩延明教授：潍坊、临沂、日照、菏泽；刘焕阳教授：青岛、威海、烟台、东营；刘德增教授：济南、聊城、德州、滨州。各市委宣传部认真落实省委宣传部、编纂学术委员会的部署，大力支持编纂工作，组织有关部门与专家对提纲设计、样稿研讨、通稿定稿等关键环节，反复研讨、审议；各片区进行了多次研讨交流，相互借鉴，取长补短；各卷主编和全体编纂人员团结合作、齐心协力，付出了艰辛劳动。山东文艺出版社提前介入，对编纂工作和撰稿体例等提出了许多宝贵意见。在此，我们谨向为《丛书》编纂付出心血的各位领导、专家、作者和所有相关同志们表示诚挚感谢！

本册编纂，得到首席专家韩延明教授悉心指导，中共临沂市委常委、宣传部部长、教育工委书记张晓彬同志，分管副部长、市政府新闻办主任、沂蒙精神研究中心主任周晓东同志给予多方关心支持；本市吕雷、李凤军、李鹏、马云恒、郎丽萍、肖功江、徐希冕、付豪、梁作金、张丽莉等同志提出诸多意见和建议。主编汲广运教授（临沂大学社科处原处长）全面负责本册的编纂工作。具体撰稿分工如下：王厚香、孙丽任副主编。具体撰写工作由汲广运、陈三营、王厚香、孙丽、刘冉冉、白春霞、马祥贞共同完成。

由于学识水平与编纂时间所限，不足之处在所难免，敬请专家和读者批评指正。

编者

2023 年 8 月

220